爱人

布老虎中篇小说

戴来 著

北方联合出版传媒(集团)股份有限公司
春风文艺出版社
·沈阳·

图书在版编目（CIP）数据

爱人 / 戴来著. —沈阳：春风文艺出版社，2017. 8
（布老虎中篇小说）
ISBN 978-7-5313-5296-9

Ⅰ. ①爱… Ⅱ. ①戴… Ⅲ. ①中篇小说—中国—当代 Ⅳ. ①I247.5

中国版本图书馆CIP数据核字（2017）第174378号

北方联合出版传媒（集团）股份有限公司
春风文艺出版社出版发行
http://www. chunfengwenyi. com
沈阳市和平区十一纬路25号 邮编：110003
辽宁奥美雅印刷有限公司印刷

责任编辑：张玉虹 刘 维	责任校对：潘晓春 高 辉
装帧设计：黄 宇	幅面尺寸：130mm×185mm
字 数：121千字	印 张：6.5
版 次：2017年8月第1版	印 次：2017年8月第1次
定 价：20.00元	书 号：ISBN 978-7-5313-5296-9

目录

爱　人

一

1

小芸打来电话，抱怨至今还没找到一个可以让她去爱的男人。她的意思是让她心甘情愿放开手脚去爱的男人。她有满腔的爱，这我知道，她已经等待了那么多年也酝酿了那么多年，她的爱在等待中散发出酒酿的味道来。

小芸在电话那头说，如果今年春节前还找不到这样一个男人，她将从此退出欢爱江湖。她的声音有些歇斯底里，真让我担心，同时也窃喜。挂电话前，她还顺口骂了一句粗话，因为是随口说的，听起来像是表达了她此时的心情，也像是一个没有实际意义的语气助词，反正听来倒蛮悦耳的。

我一直认为独特的人总会吸引更多的目光。小芸的职业是橱窗设计师，业余担任几家大型商厦的时尚谍报员，这应该算是个有点特别的职业吧，另外，她能把粗话说得跟吹口哨一样好听，当然是个与众不同的女孩。我曾经怀着好奇和读连载小说的心情把若干个还算优秀的男人带到她的面前，结果真让人伤心，事后他们用不同的音频给予了她基本相同的评价，简而言之，那就是：狗屎，一堆自以为是的狗屎。

我还曾打算以我这位朋友为原型写一篇小说，送给她作为生日礼物。后来小说写出来了，我却送了一只泥塑鬼脸给她的二十五岁生日。我怕她看到这些和她有关的文字，我怕她会像吹口哨似的吹出一大串粗话，我怕看到她脸上那种很无所谓，甚至有点不屑的表情。

现在，我突然发现，其实很久以来我都有些怕她，这种怕并不具体，但因为不具体，所以每次和她坐在一起超过十分钟，我就开始不自信起来。并且，我突然想起，小时候，她是我们女孩堆里的女大王。这么多年过去了，大部分儿时的玩伴都如云雾般四散开去，我不知道为什么独独还和她保持着比较密切的联系。

说实话，在潜意识里，我一直希望能亲眼看到她失意的那一面，哪怕仅仅是个瞬间也好。因为她总是一帆风顺，人长得漂亮，工作干得有声有色，情感上，尽管暂时没找到她爱的，可身边不乏爱她的，一个人怎么能活得如此这般游刃有余，这真让我不能心平气和。

有一段时间我十分倒霉，接二连三地丢失东西丢失感情，简直是霉运当头，心情的灰暗也就可想而知。适逢此时，我接到了小芸的电话，就是一开头的那个电话，天哪，接完那个电话，我的精神为之一振。我承认我有些阴暗，但考虑到我当时的处境，我随即原谅了我自己。

接下来的几天里，我频频给她打电话，我只是想听听她的抱怨，听她在电话那头粗话连篇，我便很快乐。

真的很快乐。我从未想过，有一种快乐竟然会是这样获得的。

2

从今年的五月份开始，小芸就在为一场活体内衣展示做着琐碎而繁杂的准备工作，这是她进入这行当以来最有创意的一个举动，届时将有十六位男女模特在商厦临街的橱窗内为观众展示最新款的内衣。一天忙下来，只要心情尚可，小芸总会在入睡前给我来个电话，也不管是几点了，别人是否已经睡下了。

在小芸眼里我是个闲人，每天坐在家里，敲敲键盘，生活得足够枯燥乏味，所以有电话打进来我应该感到高兴才对。

一开始小芸会先谈谈让她又亢奋又疲惫的工作进展情况，她最初的创意有一半都给毙了，按照她的设想，这场展示会应该安排在晚上，橱窗内安上跟卧室一样柔和温馨的灯光，然后在里面放上一张双人床，上面撒满玫瑰花瓣，男女模特就像在家里一样放松，还可以有些不过分的亲昵动作，不需要刻意地表演，观众在观看的同时自然会想象当自己穿上这样的内衣和爱人亲热会是怎样的一种效果，以此拉近和观众的距离，最后在熄灭灯光拉上窗帘的同时结束整个展示会，多么流畅自然，还贴近生活。

可是展示会的总监认为不应该把卧室内隐秘的生活搬到橱窗里，这不符合中国人的习惯。小芸恨恨地说，这个糟老头子，如果我给他点机会他就会改主意了，但我就是不和他上床。

话题在不知不觉中已转向了男人，这也是小芸睡前的一杯牛奶，喝完她才能安然入睡。她说我们身边的男人怎么都那么乏味无趣，看一眼你就知道他在想什么。

在想什么？我问。

想什么，妈的，当然是上床啦。

3

在小芸筹划活体内衣展示的同时，我也开始了一个叫《我们都是有病的人》的长篇的写作。在女友的提议下，一个叫安天的男人搬入了新居，但他时常会有一种很不踏实的感觉。有一天，安天突然发现自己的日常生活被搬上了网络，正被全球上千万的人收看着，与此同时，女友失踪了，面对着新家那几个显然曾安装过摄像头的窟窿，安天的生活陷入了迷惑、愤怒和没完没了的寻找之中。这时一些男人和女人怀着各自的目的闯进了安天的生活，他们貌似正常，其实和你我一样都是有病的人，他们在安天的生活中进进出出，带来一些刺激，制造一点麻烦，就在安天打算就这样过下去的时候，他的女友出现了，他的生活也随之有了戏剧性的变化。

我想把它写得好读好看一点，大概十五万字，这样的一个长度是我和读者都能接受的。小芸也算是我的一个读者，但我知道她读我的小说无非是想从中找到她的影子，不过从来没有找到，所以她多少有点失望，因而她认为我是一个虚伪的脱离生活的作家，她断言这样的作家永远也成不了气候。我脸上挂着淡淡的无所谓的笑容，但心里面在说，去你的。

内衣展示会的前一个星期，小芸请我去看她精心准备了两个月的展示会的第一次彩排。她说你反正也没什么具体的事，整天待在家里，闷都闷死了，还不如出来换换眼睛换换脑子。

由于写作的不顺利，此刻她的话在我听来，更像是一种蓄意的讽刺和打击。我忍不住叫了起来，就你是在做事，别人都是闲人。

她好像吃了一惊，说，你怎么啦，我又不是那个意思。顿了一下，她又很有把握地断言道，不是便秘就是东西写得不顺，所以心里烦，那就更应该出来活动活动了。

挂了电话，我对自己说，一个女人如果自我感觉好到这个地步，其实已经多少有点神的味道了，我真的应该对她敬而远之了。

4

午睡起来，我照例先洗把脸，然后去朝南的那个阳台上站一会儿。正是一年中最热的那几天，天空中明晃晃的太阳照得人心里发慌，全身冒汗。因为刚从空调房里出来，巨大的温差让猛然置身于太阳底下的我一阵眩晕，我双手撑着阳台的护栏，闭上了眼睛。

近十天来，几乎足不出户的生活让我感到身体虚弱，精神恍惚，在用科技制造出来的凉爽里面，我觉得不但离真实的季节很远，而且离现实生活也有距离。阳台成了我感受这个真实季节的一个去处。

当我睁开眼时，看见对面那幢楼和我相对的301室不太对劲，厨房通向阳台的门正在奇怪地开开合合，仔细看，门旁有两个人在地上扭打，似乎一个人想要打开，而另一个人拼命在阻止。

我奔回房间，从抽屉里翻出许久不用的一架2.5倍的小望远镜，快速地调好了焦距。镜头里出现了两个人，一男一女，男的瘦高个，但十分结实，他光着膀子，只穿了一条色彩艳丽的沙滩裤。女的衣衫不整，长发凌乱不堪。

看他们的动作和脸部的表情，我猛然意识到这并不是一般的家庭打闹。女的已被逼到了门边，背靠着门坐在地上，两手掐着男人的脖子，而男人的两只手抓着她的手腕在向门内拉。

突然，那女人不见了，从镜头里我只能看见那男人的半截身子，他的面部表情显示他正在用力，我的心狂跳了起来，举着望远镜的双手由于紧张控制不住地颤抖。

我下意识地踮起了脚，可还是看不见，情急之下，我奔回房间搬来了一只凳子。

镜头里出现了那女人的一只手，它拼命在挥，同时那男人就像是骑在一匹狂奔的烈马上似的身体乱晃着。我觉得全身的血液都涌到了头部，时间在瞬间似乎凝固了。

我被眼前看到的一切吓坏了。

在床上坐了足有五分钟，我才意识到自己应该报警。拿起电话前，我又一次推开了阳台的门，没有想到的是，那个男人也在阳台上，仍然光着膀子，一手夹着一支烟，一手提着一只塑料水壶，正在给摆在护栏上的花们浇水，嘴里居然还吹着不成调的口哨，看起来心情相当不错。

我完全愣住了。

那男人浇完水后并没有马上进屋，而是用慈祥的就像是看自己孩子的表情看了一会儿花们。我退回到房间内，后背抵着阳台的门，我问自己，这是怎么回事，难道我刚才看到的那一幕仅仅是一个幻觉，可它是那么真实，而且有着令人喘不过气来的力量，捶打着我那颗因为惊恐因为意外而狂跳不已的心脏。

我走到床边，一屁股坐下去，但没一会儿又站了起来，床头柜上的那只望远镜提醒我，这绝不是幻觉，另外，还有阳台上那只慌乱中被我碰翻的小凳子。

我把凳子拿回房间，关上阳台门，站到凳子上，透过门上方的玻璃观察对面的动静。整个小区十分安静，对面301室也十分安静，但这一切在我看来更像是个迷惑人的假象。

5

紧张和恐惧慢慢平息下来之后，好奇和疑惑浮了上来。整个下午，我没有写一个字，但仍然跟自己较劲似的坐在电脑前，面对闪烁的显示屏，一支接一支地抽着烟，一些想象和猜测随着烟雾在房间里面弥漫开来，这样或那样的可能在我脑子里短兵相接冒出很多火花。

黄昏的时候，我再一次来到了阳台上，拿了一张报纸，倚着护栏，做出一副看报的样子。因为301室的阳台没有封，所以从我站着的这个位置，可以不太费劲地看见阳台后面厨房内的大概情况。

正是准备晚饭的时间，但301的厨房里一点动静也没有。十五分钟后，我决定下楼绕到对面那幢楼的后面看看301室朝南阳台的情况。

让我没有想到的是，301室的南阳台上摆满了植物盆景，就像一个小型的植物园，看来这家的主人对植物有着很不一般的爱好。我又想起了上午那个男人看花时的神情，那么安详，就像什么事也没发生过。

直到晚上九点半，301室才有了灯光，先是和厨房平行的客厅的灯打开了，过了好一会儿，那个男人终于出现在了阳台上，并打开了阳台的灯。

我站在椅子上，拿着望远镜，通过阳台门上方的玻璃观察着对面的动静。这时电话铃声响了起来，犹豫了一下，我还是从凳子上跳了下来。

电话是我的前男友佑子打来的。我们交往快四年了，最初的激情早就被时间这条河流冲刷得无影无踪了，但时间也给了我们相处的默契，我们好像已经认识了大半辈子，都已习惯了对方的言行、嗜好和生活方式，尽管没有激情，但也没有过多的分歧和矛盾，也许这就是在一起生活的前提。可两人就像是商量好了似的都不提结婚这档子事，每星期他来我这儿住一两天，忙得实在没时间见面就通通电话。后来有一天，他吞吞吐吐地向我忏悔他在歌厅里认识了一个坐台小姐，他们睡了一觉，彼此感觉都不错，所以后来又睡了几觉。那后几觉都是不付钱的，相当于友情奉送。再后来，他感到了内疚，断了和那小姐的来往。这时他感觉应该结婚了，所以就对我说，我们结婚吧。我说，你真不应该告诉我这些，做都做了，就让它成为过去好了，发生这种事作为你的女朋友，我完全能够理解也勉强能接受，但要是你老婆，我就只能理解不能接受了。如今他又有了新的女友，喝多了酒或者心情不好的时候就会给我打电话。

你在干什么？

在接你的电话。

我是说刚才，在接电话之前。

有必要向你汇报吗？

别这样，声音这么冷。

想听温暖的话？

有事要和你说，我现在可以过来吗？

不可以。

是不是你那儿有人?

是。

那我在电话里说吧。

随便。

我拿着话筒，一边哼哼哈哈地应付着，一边密切关注着对面301。那男人一手拿着一把剪刀，一手拿着一只塑料水壶，他浇得很仔细，不时停下来变换角度端详着那些花草。当我把镜头对着他的脸时，发现他正在古里古怪地笑，左边的嘴角神经质地抽动着。

二

1

第二天我起了个大早，起床后，我首先跑到了阳台上望了望，然后才开始我起床后的那一套例行的程序。这么早就坐在电脑前让我觉得仿佛是个意外。我把昨天写的几千字看了一遍，这时门铃响了。

我跑去开门，外面却没有人，防盗门上插着一个折成箭状的纸条，展开一看，是一张普通的A4打印纸，上面是几个一号的黑体字：你到底在看什么？翻过来，背面什么也没有。

我有点摸不着头脑。我侧耳听了听楼道里的动静，忽然意识到了什么。

我奔到阳台上，趴在护栏上往下看，半天也没一个人出来。我重又看那张纸，你到底在看什么？天哪，难道是对面那个男人已经发现我在窥视他了？

吃过午饭我打车赶往位于城东的彩排地点。彩排已经开始有一会儿了，在一面巨大的玻璃后面，一对男女模特穿着比不穿还性感的内衣正躺在床上小声交流着什么，另一对模特则随意地在走动。小芸忙前忙后，但还是抽空来到我这边问问我的感觉。

我说创意真是挺独特的，但对于老百姓来说，这一步是不是跨得太大了点。

小芸撇着嘴说，就这，已经是调整后的步伐了。

那对躺在床上的男女从床上坐了起来，相视一笑，他们的表演十分自然，仿佛正生活在生活中。那个男人首先下了床，他走到玻璃前，一手撑在玻璃上，做临窗眺望状，他的眼光轻轻地从我的脸上扫过，他似乎看了我一眼，又像根本没有看见，可我却像是被重拳击中般差一点倒下，我下意识地伸手捂住了自己的嘴巴，我不能相信自己的眼睛，这个男人竟然会在此时出现在此地，同样光着膀子，嘴角挂着古怪的让人捉摸不透的笑容。

由于意外和紧张，我感觉气都快喘不上来了，我的眼睛死盯着他，我想更为清楚地看一看他的脸。他重又走回床边，拥着他的搭档在虚拟的橱窗里走了一圈，然后走出来，往更衣室走去。

我走到小芸身后，问，刚才做表演的那个男模特是从哪儿找来的。

小芸回头看了我一眼，眉毛挑得老高，揶揄道，怎么，看上啦?

我说，随便瞎问问。

小芸说，这些人都是模特经纪公司推荐的，我一个也不认识，不过那个男人老是独来独往，好像有点味道的，一会儿彩排结束，我帮你传递一下问候，怎么样?

我说，去你的，你的脑子里就这么一根筋。

小芸说，好心当作驴肝肺。

第三节表演，那个男人和他的搭档还是最后一个出场。他好像有一点心不在焉，尽管当他和自己搭档对视时眼睛里满是柔情，但仔细看会发现他的眼神飘忽，并不聚光。我差不多退到了门口，突然想到了那张字条，我想这个男人也许已经认出了我，并且那个被扑倒的女人的样子也出现在了我的脑海里，恐惧在瞬间潮水般淹没了我，连招呼都没打我就跑了出去。

在烈日下疾步走出一大段后，大汗淋漓的我才慢慢缓过神来，其实所谓的危险都来自于我的想象，我根本不了解那个男人，而我那天在阳台上看到的仅仅是事件的一部分，也许他只是和他的女朋友或妻子玩了一个游戏，现在最大的谜团是那张字条。

我停下了脚步，打算回排练场，把彩排看完，如果有可能的话，多了解一点这个男人，了解了也就不会胡乱猜测了。

彩排结束后，那个据小芸说叫马力的男人第一个离开排练场，我稍一迟疑也跟了出来，并上了他后面的一辆出租车。

司机是个饶舌而且说话语速极快的大胖子，一路上他不是眉飞色舞地和我谈他新买的这辆车，就是不成调地哼着那首烦死人的《心太软》。我很紧张，眼睛盯着前面那辆蓝色富康，心里盘算着一会儿马力要是下车我怎么办，可是我的耳边，这个胖家伙不停地唠叨着，我努力调匀呼吸，我对自己说，不管怎样，这位师傅的车技不错，跟了五六公里也没跟丢。

马力的那辆出租车在华联超市停下了，他下车以后并没有马上进超市，而是站在路边点了一支烟。从我坐着的这个角度望过去，他高大挺拔，不断有路人从他面前走过去后又回头看他，显然他早就习惯了被注视，气定神闲地抽着烟。这时有人提着大包小包过来敲车窗，我略一犹豫，说，走吧。

车到我的楼下，胖司机突然冒出一句，刚才那个男人是你的男朋友吧，不等我回答，他又说，人长得挺帅的嘛。

进门的第一件事我就是拿着望远镜跑到阳台上。马力家的花花草草在夏日的午后有点蔫，我细细打量着这个大概两平米大的阳台，希望发现点不同寻常的迹象。

果然，在阳台上方的晾衣架上我看见了几件女式内衣。从款式和颜色上可以判断得出这是一个年轻女人的。这么说，马力并非一个人住，难道这个女人就是那天和他厮打的女人，为什么这两天她都不露面呢。

2

在接下来的几天里，我几乎把所有的注意力都放在了对面的阳台上，于是本来就不顺畅的写作完全停顿了下来，我时不时站到凳子上，通过阳台门上方的玻璃窗观察马力家的动静。

看得出来，马力是个生活得比较有规律的人，因为他会在基本固定的时间出现在阳台上，而我期待见到的那个女人一直没有出现，虽然晾衣架上的内衣每天在换，可都是马力出来晾的，还滴着水。晾完衣服他会站在阳台上抽支烟，他的烟瘾似乎挺大，有时候会连着抽上两支。

与此同时，我每天都会收到一张打印着黑体字的A4纸，有时候是在信箱里，有时候在奶箱里，或者和第一次那样插在防盗门上，诸如“好看吗？”“过瘾吗?”显然是一个了解我近日兴趣点的人所为。

有关马力的情况，小芸很快就打听来了，三十岁，湖南人，一个月前刚应聘进模特公司，就这么简单，他总是独来独往，在公司没有朋友，他对大家来说就像是个谜。

小芸在电话里说，这是个很特别的男人，我知道这最合你的口味了，神秘兮兮，最好还有点神经兮兮。

我说，我对他是有兴趣，但不是你以为的那种男女之间的兴趣。

行啦，小芸打断道，不要解释了，对男人有兴趣怎么说都不能算是一件坏事，有需要我做的就说，不要客气，没事我挂了。

等等，你最近有没有往我信箱或奶箱里放小字条?

什么小字条?

你不知道?

你在说什么?

没什么，就这样吧。

挂了电话我又站到了凳子上。马力家厨房的灯亮着，他低头在忙活着，好像是在切东西，唇间还叼着一支烟，他新换了个发型，头顶是板寸，两鬓连带胡子都留着，很酷，加上他的宽肩膀，看起来十分性感。忽然，他停下手中的活，回过头去抻长脖子往厨房门口望了一眼，紧接着扔下了手中的刀拔脚往里面奔了进去，似乎发生了什么意外。

半个小时过去了，我举望远镜的手都酸了，但又不甘心就这么罢休，我想厨房的灯还开着，料理台上的那一摊子也还没有收拾，马力早晚会出现的。我去找了张莫文蔚的CD，戴上耳机，莫文蔚唱：

似乎谈过恋爱
似乎还在等待
有一个男生总是说他睡不着
我劝他去看医生买些安眠药
还有一个说他寂寞希望生活热闹
他应该去找一只小花猫来拥抱

后来她又唱：

情绪像一部电梯

不是上升就是下降
游戏终点是回家
没有第三种方向
最常听的开场白
你好以外就是你好
身体健康不健康
不怕精神快要失常
我不耐烦
我不耐烦
怎么办
爱人分手的原因
不是误会就是了解
不渴望也就健忘
没有第三种下场
从左边转到右边
离不开一张双人床

我的手很酸眼睛很酸腿也很酸，但我还是坚持举着望远镜站在凳子上，我已经从中意外地体会到了快乐，偷窥的快乐。用一种下流的方法从一个隐秘的角度去看一个奇怪的带有某种你隐约已经触摸到的危险性的男人，这怎么会不让人觉得心跳加速呢？何况这个男人的身材性感，发型性感。

3

佑子要结婚了，和那个认识仅仅四个月的女孩。那天他在电话里说有个重大的决定要告诉我，电话里不好说。我说我们现在已经没关系了，你做什么决定都和我没关系。佑子说，那至少还是朋友吧。我说如果你一定要认我这个朋友，那我也没办法。佑子当然能听出我的话外之意，但他还是说，再拖下去，恐怕就会失去结婚的勇气和耐心。

我知道他想听我劝他几句，诸如别草率，结婚是人生大事，三思而后行什么的，就像是给一个就要上刑场的人说点宽慰的话，尽管这几句话说不说都改变不了这个人的命运。

但我就是不说，我就是要说他不想听的。我说，结婚照拍了没有，没拍的话，我认识一个摄影师，是台湾罗莎的，介绍你去那儿，他的技术不错，而且可以给你打对折。

佑子摇摇头，一副欲言又止的样子。

另外婚纱礼服是定做还是租，都想好了没有？你们结婚的那天我就不去了，因为你可以理解的原因，但是心意我会请朋友带去的，如果你愿意的话，我今天就给你，对了，时下的行情是多少。

我夸张地跑进卧室去找钱夹，当我跑出来时，我发现佑子紧咬嘴唇，他在看着我，用那种又怜悯又无奈的目光。

别这样，你这样我心里很难受。佑子说。

我倚着卧室的门框，把脸偏向一边。

我一直觉得你是个对什么都不在乎的女孩，我做什么事你都会一笑置之，如果知道向你坦白会招来分手，那我就不说了，打死我也不说。我真的很后悔。

后悔什么？后悔和那个小姐没继续下去，还是后悔告诉了我，或者两者兼而有之。

佑子吸了下鼻子，声音很响。

我不想结婚，因为我知道自己不爱她，但我还是会结婚的，因为我知道爱和婚姻无关，爱得死去活来的两个人未必能把婚姻经营好，差不多合适就行了，和谁过都是一辈子，更为主要的是我的父母需要我结婚，他们不能再等了。

既然你都想得这么明白了，还来找我做什么，是让我完全羡慕你还是想叫我后悔当初赶走了一个脑子那么明白的男人。

4

昨天晚上，我接到小芸的电话，因为连着几天没听见她的声音，我感觉她十有八九是遇到了什么事，而且是坏事，否则早就打电话过来了。你不知道，多年来，我们对外互相吹嘘，在内心却很清楚彼此谁也不买谁的账，而且我们似乎一直暗暗在较着劲，期待有一天终于让对方心服口服。

电话中，小芸的声音不断地往上扬，往上扬，让我感受到一种禁不住往外洋溢的满足和快乐。

她说已经找到了她要找的那个男人，是一位高鼻梁蓝眼睛的先生。他性情温和，身材健硕，五官和肤色挑不出一点毛病，除了不爱说话，他简直是个完美的男人。

我问，你们是怎样认识的。

我的女朋友说，她是在网上偶然看到他的资料和照片的，她几乎是一见钟情，立即汇款订了一个，虽然价格不菲，但绝对物有所值。

我说，等等，那位先生到底是个什么样的人，你能说得更具体一些吗？

我的女朋友说，当然是个模特啦。他的制作非常精良，妈的，不但身体各部位的比例无可挑剔，而且手感尤其好，跟真人的皮肤没什么两样。妈的，你不知道，他真是棒极了。

由于意外，我拿着电话一下子不知该说什么好，挂电话前我问了一个在我的女朋友听来傻极了的问题：你觉得你们之间有爱情吗？

爱情？电话那头传来了一阵怪异的笑声，爱情是什么？不就是一种想象吗？这个男人，除了外形，其余的一切都存在于我的想象之中，我每天给他换衣服，摆造型，我按照自己的想象来摆弄他，他给予我的想象力和创造力是无限的，所以要说爱情，我和他的爱情肯定是无限大的。总之，我找到了他，我爱他，这才是最重要的。

5

那个叫《我们都是有病的人》的长篇，我写得异常地艰涩困难力不从心，我已经很难把精力集中到电脑前，两只脚不自觉地就站到了凳子上，哪怕对面什么动静也没有，似乎只有站上去了才能安心。有时候我觉得眼下的写作已经变成了一场痛苦的便秘，已在进行当中了，再痛苦也只有把它拉出来才能完事，可马力那儿才是我的兴趣所在，所以在电脑前坐定还是站到那只该死的凳子上去成了每天我自己和自己的一场艰苦的思想斗争。

已经一个星期过去了，我从未见过那个我认定确有其人的女人，然而阳台上每天都有女式内衣晾出来，滴着水，紧挨着同样滴水的应该是马力的衣服，它们挂在一起是那么自然，同时也让我费解。

早晨九点钟，马力照例在浇完花草后出门。我站在北阳台上目送他消失在楼群里，然后下楼就像是取信一样从信箱里取出那张已成为我生活一部分的字条。这次有点特别，在上面居然打了一个ICQ号码和一个E-mail的地址：

ICQ：93431156

mail to：blue-007@163.net

回到家，我又来到了南阳台，外面的天有点阴，而且有风，我趴在护栏上，我知道马力的规律，他一般中午十二点左右回家，所以我放心大胆地观察起对面来。

然而令人意想不到的事发生了，当我回屋拿了望远镜然后兴冲冲奔出来时，马力出现在了对面阳台上。我一下子愣住了，我明明看着他离开的，怎么一转眼又回来了。

在短暂的迟疑之后，马力显然认出了我，他冲我点点头，而我就像偷东西被人当场捉住了似的惊慌和狼狈，脸涨得通红，不知该作何表示，情急之下我竟然扭头进了房间。

第二天我在信箱里拿到的字条上写着：你的脸红了。

6

我决定要把写字条的人找出来，一个人就像幽灵似的监视着你的生活，还不断站出来对你的生活点评上几句，你却连这个人长什么样都不知道，这也太荒唐了。

根据我的分析，这个人应该像我一样有着可以自由支配的时间，所以他才有可能在我偷窥别人的时候偷窥我，另外，他还必须具备一个观察我的角度，符合这两点的人应该就住在和马力的楼房平行的那几幢楼里，而且楼层不会太低。

其实我已差不多猜到了此人就是马力，只是还不能肯定。你想象一下，一男一女，从没说过话，却互相偷窥着对方的一举一动，这真是一件让人感到又刺激又恶心的事。

我楼上楼下地跑，小心翼翼地埋伏，努力了三天，字条还是每天都能收到，就是捉不住写字条的人，在没有更好办法的情况下，我找到了时下流行的家庭事务调查所。在预付了一点定金之后，我就只需坐在家里等候他们每天的电话汇报了。毕竟是吃这碗饭的，只用了两天时间，事务所就把我需要的情况调查了出来。

和我分析的一样，每天往我信箱里塞字条的人就住在马力住的25号楼，但不是马力，此人名叫柳自全，男，二十八岁，未婚，原是某网站的编程人员，一个月前被公司裁员，目前无业在家。

走到家门口，我又改了主意，坏笑着来到了25号楼的601室，敲了半天门，里面一个男人才闷声闷气地问，谁呀。

我说，是我。

你是谁呀。

我说，你开门就知道了。

我听见了拖鞋踢踢踏踏的声音，可走近了突然又停止了。我猜他正通过猫眼在打量我。我笑眯眯地对着猫眼，里面一点动静也没有。我想他大概被吓坏了。

我又敲门，起先很好地掌握着节奏和重量，后来手疼了改用脚，那就有点不好控制了，我执着而又耐心地敲着踢着。

十分钟之后门打开了。一个黄豆芽一样的男人出现在我面前，看起来比实际年龄年轻，他低头站在门旁，有点腼腆，还有点慌乱。

我走进屋，把沙发上的杂志报纸往边上挪挪，腾出一块地方来坐下。

我说，你也坐呀。

他说，你，你，你喝，喝点什么。简单的几个字在他嘴里绊了好几跤。

房子基本上就没有装修，看起来就像是个临时住所。趁这个叫柳自全的男人转身去倒茶，我轻手轻脚地走向厨房。厨房的门半掩半合，但我还是看见厨房通往阳台的那扇门后面架着一架望远镜，比我那架气派一百倍，不出意外的话，就对着我的住所。

我是个天文爱好者。柳自全在我身后解释道。

观察天象之余也顺便看点别的？我不动声色地问。

柳自全捏着他的手指，局促不安地不知道怎么回答好，过了一会儿，他低声说了一句，你，你不是也在看别人吗？

是呀，但我绝对不会借口自己是个天文爱好者。

你那望远镜，嘿嘿，柳自全忍不住笑了起来，笑了两声，他大概觉得不大好，用一种诚恳的语气强调道，我真的是个天文爱好者，不骗你的。

往下我不知道说什么好了，如果我谴责他偷窥我的生活，他也能用同样的理由回敬我。我们是同样的货色。而柳自全笑过之后好像放松了许多，他问我：你是怎么找到这儿的？

我不理他。

我觉得我已经十分谨慎了，你是怎么发现的？

我摇摇头，站起身，说，以后别往我信箱里放字条了，游戏结束了。

你不想和我谈谈你在观察的那个男人？柳自全好像来了兴致，热切地看着我。

7

小芸的内衣展示会取得了预期的效果，近一个星期来，市民和当地的媒体都在津津有味地谈这个话题，小芸也成了被关注和谈论的对象，她频频在报刊和电视露脸，得承认，她真的很上镜。可一转身，她却在电话里对我说，嘁，这帮没见过世面的乡巴佬。我能想象得出她说这话时那种不屑的表情，眼珠往上一翻，嘴一撇，最后是像赶苍蝇似的挥一下手。

我也跑去看了那场展示会。较之上一次彩排，现场表演显然更有气氛，而且他们还做了一些改动，把舞台由橱窗延伸至天桥，模特们在橱窗表演完后又去与商场相连的天桥走了一个来回，给予观众更为直接的视觉冲击。

当马力搂着他的搭档从我面前走过时，他的眼光在我脸上扫过后又转回来，有点意外，好像还有一丝惊喜，继而左嘴角一牵，带出了那种似是而非的笑容。

就在那四目相交的一瞬间，我发现自己喜欢上了这个谜一样的男人，我的脸发烫，手心冒汗，心跳加速，这个发现让我感到恐慌，因为他吸引我的是他迷人的外表、古怪的笑容和与他年龄不符的爱好以及某种危险的气息。

我换了一架望远镜，是二手货，带红外线的，我想更深地介入马力的生活，我知道我有点走火入魔了，但我喜欢这样，任着性子做一些出格的没有意义却有意思的事，我需要刺激，需要一点情感的慰藉，哪怕来一点打击呢。

眼下我庸常的生活终于出现了一个兴奋点。

马力在我的望远镜里做得最多的一件事就是抽烟，坐着抽，站着抽，倚着墙抽。早晨刚起床那会儿，他会把客厅的百叶窗打开，通通气，这时候也是我观察的最好的机会。马力在厨房准备早餐，基本上都是超市买的成品或半成品，只需稍微加工一下就行了。这架望远镜真是棒，连盒装牛奶的牌子都看得清清楚楚。我再一次肯定了他的住所里有一个女人，因为他准备的是两份。但是把早餐端到客厅后，马力随即就把百叶窗拉上了。大约半个小时后，他会把杯碟端回厨房，洗净，然后莳弄他的那些花草们。

三

《我们都是有病的人》写到最后成了和自己的耐心、智力和体力的一种较量，计划中的十五万字到十万字时就仓促收尾了，我累极了，写作这时对我来说已毫无乐趣可言，我甚至连从头看一遍的耐心也没有，胡乱打印出来就寄了出去，当然也就免不了错字百出。

我换了和马力同一牌子的烟，我想感受他正感受着的。

小芸已经有一段时间没有给我打电话了，他们都说女人在恋爱的时候是不需要朋友的，这个我承认，只是我实在想象不出小芸是怎么和她的新男友谈情说爱的，用玄妙的气功？天哪，做这样的想象能让人发疯。

近两个星期，我看了马力好几场表演，我在寻找机会，我想更多地了解他，我安慰自己，了解了看得更清楚了也就释然了。

夏天眼看着就要过去，夜晚的空气里已经有了些许秋的意味，经过一个漫长的夏季，有凉爽的小风吹过时，我心里竟然涌起与久违了的老朋友相见的亲切。

有急救车的鸣叫从远处传来，继而越来越近，最后停在马力那幢楼前。我奔向阳台，我预感到了什么，我探出身子往下看，三个穿着白大褂的医生从车上跳下来，拿着担架小跑进了马力那个单元。

我不假思索地关门往楼下冲。我有点担心还有点兴奋。我直接就奔到了急救车的司机那儿，开口就问，是301吗？后者刚点了一支烟，正悠然地吸着，我气喘吁吁地突然出现在车窗口把他吓了一跳。你吓死我了，他夸张地用手按着胸口，我可有心脏病啊，告诉你。

正说着话，担架抬下来了，马力跟在后面，神情紧张，他看见我了，但没有打招呼。担架上躺着一个年轻的女孩，紧闭着双眼，脸色煞白，凌乱的长发垂落在担架外面，身上都是血迹。这时我猛然注意到了她的睡裤，天哪，两条裤管竟然是空瘪的。

救护车很快就呼叫着开远了，我站在原地，脑子一阵一阵发蒙。

再一次看见马力是在两天后，他从一辆出租车里下来，转身拎出一只旅行包，付了钱上楼，但车并没有开走。我从望远镜里看到那个长发女孩坐在后排座上，头挨着车窗玻璃，并且还怕光似的用手遮着眼睛。

马力很快又回来了，从车里抱出女孩，她的双臂搂着他的脖子，空荡荡的裤管随着马力走路的节奏垂荡着。走到楼梯口，马力停了下来，好像犹豫了一下才回头朝我的阳台看了一眼，尽管那一眼看得很匆忙，可我还是在他眼睛里看到了疲惫和无奈。

马力的生活似乎又回到了原来的轨迹，上班，回家准备一日三餐，莳弄他的花草，当然那个没有腿的女孩也需要他的照顾，只不过他待在阳台上的时间越来越长，以前抽一支，最多两支烟，现在则是一支续一支地抽。而且我发现他每次打开阳台门都会下意识地朝我这边望一眼，并且有时候会长时间地冲着我的阳台发呆。我禁不住会去想他希望见到我，他很孤独，还疲惫，他需要一些情感上的慰藉。

我一直暗自在积攒着勇气，直至有一天能迎着马力的目光走到阳台上去。

我不知道我在怕什么，我小心翼翼地满足着自己的好奇也按捺着自己的好奇，有时候我真觉得那个离我很近的男人其实特别虚幻，经不起细看和触摸，他是一个谜更是一团雾，终有一天会在太阳光里四散开去。

天又凉快了一点，天凉快了当然就该实实在在做点事了。

我的编辑认为那个《我们都是有病的人》的长篇有点短，而且后三分之一写得好像多少急了点，其实满可以再往上加点，这样读起来感觉会更加饱满。他是个懂小说的编辑，但很少对作者指手画脚，必须要对小说说上几句的时候，他也一般比较注意措辞，所以同时他也是个值得尊重的编辑，顺着他的建议，我又滑入了有病的人的叙述。

四

从张家界回来的当晚我没有看见马力。他家的门窗紧闭，也没有灯光，我一边把旅行箱里的物品拿出来归拢好，一边给我父母打电话报告平安，然后又洗了个澡吃了点东西，一切都弄停当了，对面阳台还是没有任何动静，犹豫再三，我劝自己，明天再说吧。

半夜我起来喝水，睡眼蒙眬地经过望远镜时下意识凑过去看了一眼，这一眼看得我完全醒了过来。在没有开灯的厨房里，只有马力唇间燃着的烟忽而亮那么一下，而他的人裸体站在洗涤槽前正在往身上倒洗涤剂，一手还拿着一块百洁布，水龙头开得很大，我甚至都能听见哗哗的水声。

马力倒完洗涤剂开始用百洁布搓擦起全身来，他手中的频率异常地快而且用力，仿佛搓擦的是别人的身体。这时一截烟灰掉在他的胳膊上，他停了下来，看着自己的胳膊，足有半分钟，突然他像是被烧着了似的跳了起来，使劲地甩着那只胳膊，并把胳膊伸到水流下。

马力站在那儿，头朝上仰着，因为他侧着身子，我看不清他脸上的表情，水溅洒了出来，但他好像根本没有知觉。

我去倒了一杯凉水，一口气喝了下去，然后又倒了一杯热的，端到望远镜前慢慢喝。

已经深夜两点多了，马力那只沾了烟灰的胳膊还没冲刷干净，在这个凉气逼人的时分，他光着身子冲凉水的样子让我起鸡皮疙瘩。

大约十分钟后，马力换了一只胳膊，然后他把右腿也放进了洗涤槽，这个夜晚在我眼里变得邪乎疯狂起来。

后来我回到床上躺了下来，再看下去我想我会疯了的。我盯着床头那部水灰色的电话机，心里琢磨着给谁打个电话，缓解一下心里的恐惧和不安，但是深夜两点多，这个大家都在做梦的时间能给谁打电话呢。

这时马力家的灯亮了，我心里一咯噔，不知他还会弄出什么新的花样来。我把床头灯关了，下床，来到望远镜前。

马力正弯腰在清理厨房地面的水，他穿着睡衣，很有条理地打扫着战场，弄完地面的水他开始擦拭料理台，然后归拢台上的东西，关灯之前他站在厨房门口，审视了一下四周，脸上露出了那种我熟悉的似是而非的笑容。

灯关了，马力家在我的望远镜里安静了下来，我回到床上，却怎么也睡不着，我想起了那部名为《I DISH》（《我做菜》）的电影，片中一个男人在厨房的洗涤槽清洗自己的身体，而一个妇女在海边剥一条死鱼，被压抑的性欲和内心的焦渴是贯串影片的主题。天快亮的时候，我开始怀疑深夜的那一幕只是我的幻觉。

第二天我醒来的时候已经快十点了，从床上跳下来我就冲到望远镜前，马力的花们显然浇过水了，有的花瓣上还留有水珠。

不知谁家有人在学弹电子琴，几个单调毫无感情的音符反反复复迂回着，让人觉得日子说到底也就如此这般地枯燥，我们在练习生活的同时也在被生活练习着。

我烦躁不安地在屋内走着，我发现某种困扰了我一个夏季的好奇并没有因为时间的流逝得以化解，相反似乎更强烈也更按捺不住了，迫切地想要看得更清楚一点，否则我无法回到正常的生活和写作中去。

我敲马力家的门，我想那个没有腿的女孩应该在里面，我不知道她能不能来开门，但至少她该做出回应。里面有说话的声音，难道马力也在？我将耳朵贴在门上，仔细听，像是电视里的对话。我又敲，这一次加了两成力，屋内的声音戛然而止，我再敲，里面完全没了声音。

马力出现在我家门口时我正在拖地板，戴着耳机，为了让地板快点干，里面的木门敞开着，当我转过身来时，马力那张脸出现在防盗门上方的观察窗口。

他说了一句什么。我没有动。我被吓着了。我的手紧抓着拖把。

他又说了一句什么，并往后站了站。

我把耳机摘了，我说，对不起，你等一等。

我跑到卧室，把门关上，然后站在卧室门口按着胸口做了十个深呼吸，这才去开门。

我叫马力，我们见过的。

我去泡了杯茶。我知道他习惯喝茶。一个爱喝茶的男人总比爱喝可乐的男人要有味道一些。

你的朋友小芸曾经和我提起过你，她说你是个作家。我可以吸烟吗?

请便。

马力坐在我对面的沙发上，他的连鬓胡子刮掉了，加上白衬衣牛仔裤，整个人看上去清爽自然。他点了一支烟，深吸一口，抬起头来，把目光转向我，但给人感觉缥缈，就像是从一个老远的地方赶了半天的路才停留在了我的脸上，因此非常疲惫，因此停下来就不想再动了。

我觉得他有话要说，可又无从说起，我刚刚平缓下来的心跳又一次加剧了起来，我在想这一刻是不是来得太早了点。

我收到了一张字条，说有人在用望远镜观察我的一举一动，我觉得这像是个玩笑，但也可能是真的，就是这张。他递给我。不用看我就知道是柳自全那家伙搞的鬼，我很不自在，装模作样看了看，23号楼东单元501的女孩在用望远镜窥视你。

马力看着我，好像在等我解释也像是一切都已了然于心，情急之下，我说：我是个天文爱好者。

是吗？马力的烟吸得很深，吐出来的时候还伴着重重的叹息，让我感觉到他内心的沉重和压抑。

我点点头，同时在心里琢磨着马力的语气，是表示怀疑呢还是恍然大悟。

那个，马力转动着手里茶杯，显得非常为难，突然他抬起头来，眼睛通红，而且潮湿，他用一种低沉但异常愤怒的声音吼道：你为什么要监视我的生活，你有什么权利这样做，你到底想要干什么？

马力语气和情绪的急剧变化是我没有想到的，我的身体下意识地往后靠，我被他的样子吓着了。

我说过我是个天文爱好者。

什么天文爱好者，你是个江郎才尽的作家，你写不出东西来只能靠偷窥找点灵感，不是吗？马力的声音陡然提了起来，难道不是吗？但是你为什么偏偏选中了我们，我们好不容易才有了眼下的生活，你知道为此我们付出了多大的代价吗？

马力的泪流了下来，但他完全没有感觉，他胳膊肘撑在大腿上，两手抱着脑袋，顾自说着：我们已经搬了五次家了，我还以为这一次总算可以安定下来，安静地生活，没有猜测，没有没完没了的查问，像正常的人一样过正常的生活，可是就是不能如愿，就是不能如愿，怎么就这么难呢。

马力的声音越来越轻，到最后成了含混不清的嘀咕。我起身拿过纸巾盒放在他面前，又给他续了点水。大约十分钟后，他从纸巾盒里抽出一张，擦擦，又抽出一张，擦擦，然后端起茶杯喝了一口，他说，对不起，我失态了。我瞄了一眼他的眼睛，干干的，就像从来没有哭过。

给你讲讲我的事吧，你不是想知道吗，也许你以后会把它写成一篇小说，其实它真的挺像是一篇小说。

认识陈晨是老天爷对马力的恩赐也是惩罚。

那时候马力已经结婚，妻子和他在同一家模特公司，她曾经火过，但很短暂，她还没过足明星瘾就过气了。在她最落寞的时候嫁给了马力，但婚后无论是生活上还是事业上，马力都没让她看到美好未来的前景，她开始酗酒，吸毒，夜不归宿，她已经没法在模特这一行里做下去了，而面对马力伸过来的那只手，她看也不看，她早就后悔嫁给这个没有一点用的男人，喝了点酒，她就会捶着胸口说自己当初真是瞎了眼睛。

看着自己爱过的女人一点一点枯萎腐烂，马力感到绝望，对生活，对女人，对整个世界。

陈晨就是在那个时候出现的。她像是一盏灯，带着青春的热情和光亮，让马力全身一热。虽然从认识陈晨那一刻开始他就在提醒自己不可有非分之想，然而事情的发展不是个人的意志所能左右的。一切更像是注定的。

从第一次见到马力，陈晨就对他产生了强烈的好感，成熟，优雅的男人最能让小姑娘心仪，如果再有那么一点忧郁，小姑娘就更心动了。用烈火干柴来形容他们两人显然不准确，但动了情的陈晨真就是一团熊熊燃烧的火焰，她投入、忘我、不顾一切，马力的一再后退反倒激发了她更为强烈的好奇，她说，每个人都有追求爱情的权利，既然你们的爱情已经不存在了，那么就该结束婚姻关系，没有爱情的婚姻是不道德的。马力说，一切不是你想象的那么简单的，爱情是婚姻的前提，这没错，但没有一成不变的爱情，爱情是会逝去的，在这个世界上，变是绝对的，不变是相对，这是自然规律。

他又说，当爱情过去以后，夫妻间的互相理解、忍让和尊重依然可以把婚姻进行下去。他还说，不管怎样，我应该对她负责的。

他说了很多，但这些话更像是说给自己听的，这是他内心最后的一点坚持，尽管明知守不住。但陈晨一句话就粉碎了他的所有努力，她说你认为你们之间还有你所说的互相理解、忍让和尊重吗？

陈晨不由分说地挽起了马力的胳臂，她是个好强、自信，甚至有点霸道的女孩，她说我知道你喜欢我，从我们第一次见面的时候我就感觉到了，你可以否认，但你的眼睛骗不了我。后来的发展只能用炫目来形容，马力再一次体会到了坐过山车的刺激，失重、超重，三百六十度旋转，等马力和陈晨的家人反应过来的时候，陈晨说我已经是他的人了。她的家人当然不能接受这样的事实，他们挥着拳头叫嚷要让马力付出代价。

也就是在此时，发生了意外，陈晨在一次交通事故中失去了双腿，她的家人一下子安静了下来，他的父亲看看女儿空荡荡的裤管，看看马力，最后没头没脑地问了一句，你会离婚吗？

一开始，陈晨的态度是极端的，她拒绝马力来看她，拒绝吃饭，拒绝活下去。而她的家人看马力的时候眼白多眼黑少，说实话，马力真不想带着这种尴尬的身份和窝囊的处境去和陈晨见面，但他在心里对自己说，眼下这一切是老天对陈晨的惩罚更是对他的惩罚，他想不管陈晨愿不愿意，他都得尽力让她重新鼓起生活的勇气。

陈晨出院后，马力还是每天有空就去看她，只不过感觉更加尴尬和窝囊，她的父母对他的态度冷热交加，话里话外都在暗示他必须要对陈晨负责，否则和他没完。半年后，他签约的那家公司迁往南京，他也跟了过去，走之前，他提出把陈晨一起带走，她的父母坚决反对，陈晨的态度更加坚决，最后没办法，陈晨的家人提出把结婚手续办了再走。

可事实上，马力在到南京之后就把工作辞了，然后带着陈晨来到了这儿，租房过起了一种类似于隐居的生活。但是他们的生活总是让他们的邻居、居委会和雇用的保姆十分好奇，问这问那的，而且那次车祸后陈晨的精神也受到刺激，有时候脑子不那么正常，经常会产生一些莫名其妙的幻觉。前几天就因为没来由的极度恐慌竟然割腕自杀，为了避免不必要的麻烦，他们只得不停地搬家。

五

朋友们都说最近小芸疯了，上班下班逛街泡吧都带着她那穿戴得体的男友，她总是向别人这么介绍，这是我的爱人，名叫David。然后会解释，他不爱说话，不用管他，我们说我们的。她的手习惯性地搭在那男人的腿上，还不时摩挲着。

大家在背后咂着嘴说，小芸看那个模特时眼光那叫温柔那叫动人，让人看了心里发怵。

星期天下午我去邮局寄东西，从邮局出来，我看见对面人行道上一个瘦小的女孩一手拎着一袋水果，一手拦腰夹着一个西装革履的模特匆匆走过，模特胸口那条细斜纹领带被风吹得飘动起来。

我扬手喊小芸的名字，但她很快就在街角转弯消失了。我穿过马路，脚上那双细跟鞋让我总是不能很好地掌握脚下的支撑点，步频一快就像是在竞走，样子要多难看有多难看。

小芸就在我前面大概一百五十米处，可任我怎么喊她都没有反应，依然急匆匆地往前走着，这时大街上出现了一幅奇怪的景象，一个走路像是老太太的女孩急急追赶着另一个夹着一具穿戴整齐的模特的女孩。

已经有人驻足在观望了。我几次想停下来，但又不甘心。上帝保佑，小芸终于在路边的一把椅子上坐了下来，她把她的爱人摆好，然后从塑料袋里拿出一只香蕉，边剥边说着什么。她不是自言自语，而是在对她的爱人说话，因为她不时扭头看看后者的反应，剥完她还客气地让了他一下。

我走到小芸身边时听见她在说，你说一会儿我们去不去买我们昨天看上的那双皮鞋，要不还是回家吧，昨天没睡好，今天早点睡。

我伸手拍了一下小芸的肩膀，她转过脸来，说，这么巧。

我说，追着喊了你半条街，你聋啦。

她说，哦，刚买了一张CD，刚才一路上正听着呢。来，给你们介绍一下，这就是我常和你提起的我的好朋友。然后她又转过身去拉起那个模特的一只手，递给我，说，他叫David，法国人，上一次电话里告诉过你的，她将嘴凑到我耳边，压低声音，我的爱人同志，不过David他不喜欢我这样称呼他。

我接过那只没有一点瑕疵的大手，握了握，或者说捏了捏，坦率地说，确实手感不错。

小芸让David坐过去一点，并帮助他把坐姿调整了一下，以便他能舒服地靠在椅背上，她说我和戴来聊天，你一个人看看街景，好吗?

那位法国美男子当然不会有异议，他刚才被我捏过的那只手此刻和小芸的手相握着，脸上挂着一成不变因而看起来如白痴般的微笑对着车来人往的大街。

最近在忙什么，电话也不来一个。我问。

过两人世界呀。小芸笑。一笑和那个白痴般朝着马路笑的男人更像是一对了。

怎么过，用意念？这也太抽象了吧。

怎么会抽象呢，我们形影不离，同睡同起，他是个温柔好脾气的伴侣，对我百依百顺，我感到了从未有过的幸福、满足和踏实。

小芸的身体往David那边靠了靠，她看他的眼光里充满了爱意。我感到别扭，两个女孩和一具男模特坐在街边聊天，本身已经够奇怪的了，而其中一个还和那个模特十指相扣，别人怎么能看得懂呢，个把见多识广的还以为是无聊的行为艺术呢。

马力把搬家的时间安排在了晚上九点以后，我首先看见源源不断的花盆被搬了下来，然后是几个大纸箱和几样电器，最后马力抱着那个女孩出现在楼梯口。

我调整焦距，想看清楚那女孩的脸，但后者的脸始终埋在马力的胸口。我的脑子里两个念头相互扭打着，下去还是就这样看着他们离开，也许从此再也见不到了，可下去又能说些什么呢。上车前马力抬头朝我的窗口看了看，似乎还幅度很小地点了点头。我注意到他的脚上竟然穿着拖鞋，这次搬家看起来像是匆忙的出逃。

第二天我给小芸打电话，请她去问问马力离开那家模特公司了没有。小芸的电话很快就过来了，说马力已经好几天没去公司了，但也没有请假，具体怎么回事公司的人也不清楚。挂电话前，她说，这么关心那家伙，是不是栽里边了。

马力走了，这个神秘、怪异、特别的男人，他以一种奇怪的方式出现在我视野里又悄然离去，但某种他特有的气息却似乎并没有离开，它形成的类似于气场的东西依然笼罩着我的生活，我努力想回到原先的生活秩序中，但这需要时间。

心情糟糕到极点的时候，我就跟自己赌气似的一连几天不出门，也不接电话，像一个已步入暮年的老人一样看着日子排着队来又排着队走了。

秋天就要过去的时候，一个自称叫左青云的男人找上了门。他大概六十多岁，说着一口怪里怪气的普通话，他站在门口一个劲地说抱歉，然后解释是小芸告诉他我的住址的，他想向我打听点事。

我请他进来再说。他问我换不换鞋。我说不用换。他往里面望了望，说还是换吧。我说真的不用换。可他坚持要把鞋换了再进来。

我叫左青云，对了，刚才已经说过了，我从湖南来，我想向你打听一个人。

是马力吗？听他说是从湖南来的，我立即想到了马力。

对，就是马力，其实他的真名叫陈力，都叫了二十几年了，马力是离开湖南后才改的，户口簿上还是叫陈力，什么，你说什么？嘿，你说你说。

你是他的什么人？

我是他的舅舅，我已经找了他们大半年了，跑了几千公里，问了几百个人，真是不容易啊，这小子真是害苦我了。你不知道，我已经五十六岁了，身体也不是太好，这中间还病了好几回，只能回去，等身体好一点了又出来，什么，你说什么，嘿，你说你说。

你想打听什么？

你知道他住在哪儿？老人身体前倾，只有二分之一的屁股挨着椅子。

就在我后面那幢楼。

什么？就在这后面，几楼几室？

老人一下子站了起来，一副只等我说出几楼几室就要往楼下冲的架势。

他已经搬走了。我说。

什么，搬走了，搬到哪儿去了？什么时候搬的？

我不知道，我和他不熟，只是正好看见他搬家，大概半个月前吧。

老人一下子安静了下来，两手握着拳头，眉头紧锁，不知道在想什么。我把茶杯往他面前挪了挪，说喝点水吧。他没有理我，顾自摇着头说，又跑了一个空趟，又是一个空趟。他的头发花白，摇着摇着好像更白了。我安慰他，过一段时间，也许他自己就回去了。

什么，你说什么，嘿，你说你说。

过一段时间，他也许自己就回去了。

搞到现在这种地步，他哪有脸回去呀。我现在就想着能把他妹妹带回去，其他的也管不了那么多了。什么，你说什么，嘿，你说你说。

你说和他在一起的那个女孩是他的妹妹?

马力原名陈力，陈晨是他爸妈从小收养的孩子。他们的父亲很早就去世了，小时候他是个特别懂事的孩子，帮助母亲分担家务，照顾妹妹，他袒护妹妹在附近是出了名的。从小到大，他身边都不缺喜欢他的女孩子，可他的眼睛里只有一个妹妹。成年以后他也谈过几个女朋友，但都是草草分手，谈恋爱对他来说是种负担。与此同时，他又老缠着自己的妹妹，妹妹也到了恋爱的年龄，可每一个走近她的男人都不知被陈力用什么方法赶走了。他妹妹很痛苦，陈力也很痛苦，他们的母亲更痛苦。

在母亲的苦苦哀求下，去年年底陈力和他公司一个早就对他有好感的女模特结了婚，但不到一个月对方就因为陈力对自己妹妹过分的爱恋和对她的冷淡提出了离婚。离婚后他干脆不再掩饰对妹妹的感情，他说这辈子不打算结婚了，要和妹妹厮守到老。

去年年底，妹妹和她们单位的一个小伙子相爱了，但小伙子很快就尝到了苦头，他被陈力约出去吃了一顿饭，吃饭当然只是个幌子，陈力要做的是警告他离陈晨远点。

小伙子是个倔脾气，当场就回绝了陈力的要求。那天小伙子最终被一辆110送到了急救中心，他的脑袋和身上多处开花。

旧历的新年，陈力是在看守所里度过的，出来以后他的家人咬咬牙把他送到了精神病医院，他们已经想不出更好的办法了，反正陈力要是不进去，他们也早晚会被他弄疯的。

春天的时候，陈力从精神病医院偷跑了出来，从医院出来他就直奔陈晨的单位。那天陈晨像往常一样下班，走出公司大楼的时候她一回头看见了飞奔过来的哥哥，她一下子愣住了，转而拔腿就跑，她也不知道为什么要跑，跑动起来后就更不知道了。就在快要被哥哥追上的那一瞬间她撞上了一辆中巴。等她醒过来的时候她已经没有双腿，她再也跑不起来了。

母亲在医院的大晒台上一串串地掉眼泪，陈力陪在她旁边安慰，你放心，我会照顾她一辈子的。这时候大家的注意力都在陈晨的身上，谁也没想到应该把陈力送回精神病医院。陈力每天给妹妹和母亲做饭，然后送到医院来。他长时间坐在病床边，看着把头转向另一边的妹妹。同病房的人都说他真是个好哥哥。

转眼到了出院的那一天，等母亲和舅舅结完账来到病房，发现病床上只剩下一个还留有热气的被卧，老娘舅从此开始了漫长的寻找。

六

我的新小说刚开了个头，它是关于一起交通事故的四种说法，其实就是从四个不同的角度，肇事司机的，目击者的，交警的以及被撞者的角度来看同一个事件。你们猜得没错，被撞者的原型就是陈晨，她在我的小说里被撞后失去了记忆，完全忘了过去，她和她的丈夫很恩爱，晚饭过后，邻居们总能看见挽着胳膊出来散步的小两口。这样过了好几年，有一天她对着镜子梳头，丈夫走过来，当他把手搭在她后背上的时候，她突然惊叫了起来，她的记忆复苏了，想起来了，她全都想起来了，被撞的那一瞬间是他推了自己的后背一下，那会儿她已经不爱他了，决意要离开他，他苦苦地哀求，她说你离我远点，他还想对她说什么，她不耐烦地跑开了，他就在后面追，须臾之间，一念之差，事故发生了。

我最近老是失眠，晚上经常是这样度过的，先是辗转反侧，好不容易迷迷糊糊睡着，楼上或楼道里的一点动静就能把我惊醒，然后就再也睡不着了。我对付失眠的办法一般就是随它去，因为尽管睡不着，但身体却异常疲乏。

今晚有些不同，我的脑子和身体一阵一阵地发热，仿佛一架高速运转继而失去了控制的机器。我索性下床，从壁橱里搬出我的望远镜，架好，调焦距的时候我有点兴奋，开始了，就要开始了。

对面那幢楼大部分人家都关灯了，我希望运气好一点，能瞄上个把不拉窗帘的。当一个纽扣大小的红点忽然亮起的时候，我全身的血液一下子凝固了，在我的望远镜里，一个裸体男人正在厨房的洗涤槽里狠狠地刷洗自己的胳膊，他的四肢修长，体形优美，当我把焦距调好，耳边的水流声也随之清晰起来。

看我，在看我

第一章

“你好像黑了。”

“是吗?”高远下意识地摸了摸自己的脸颊，同时用一种将信将疑的表情看着对方的眼睛，仿佛想要从对方的神情中判断出话语的可信度。

“没错，是黑了。”超市老板娘的语气和表情都十分肯定，见高远看着她，她叫住正在往货架上货的小金，要她做证，“你说，他是不是黑了?”

小金只扭过脸来看了高远一眼，又转过去接着上她的货。老板娘问，是不是黑了？是不是黑了？小金极不情愿并且声音很轻地说了一句，我哪里知道他黑没黑啊。高远感觉小金的脸红了。

老板娘还在盯着小金问，你再看看，再看看，反正我觉得他黑了。

高远掏出钱包付钱。他以前是不用钱包的，钱随手就塞在裤兜里，要用的时候就一把掏出来。他没什么钱，也基本不刷卡，所以钱包那玩意儿对他来说是个累赘。当然现在不一样了，一个作家，或者说一个搞艺术的人，言行举止是应该和普通人不一样的。具体不一样在哪儿，高远也说不上来，反正要让别人看着不一般。

高远是在上个礼拜二成为一个作家的。他至今还清楚地记得当时的情景，就是在这家叫理想的小超市，就是在这个收银台前，就是这个老板娘，一边刷价钱一边有一搭没一搭地和他聊着，没上班啊？高远说，哦。搬来有一阵了吧？高远说，是啊。老是白天看见你，你白天不用上班？哎，你是做什么的？那时候小金就在旁边，正在给收银机换打印卷纸。高远第一次来这里买东西就是她收的钱。这是个沉默寡言的女孩，老是埋着头干活，偶尔抬起头看人一眼又迅速地低下头去。在高远张口回答的时候感觉她瞄了他一眼，似乎她对这个问题也很好奇。等高远把目光转到她身上时，她已经低下头去了。高远脑子一热，回答说，我是一个作家。说话间他感觉有一股温热的电流“嗖”地通过自己的身体，并迅速扩散开来，随即身上起了一层鸡皮疙瘩。几乎与此同时，小金的目光落在了他脸上。

事后，高远反复回忆着那天在超市的情景，“作家”那两个字从他嘴里蹦出来实在有些突兀，全无征兆，声音不大，却有着某种特殊的能量和威力。他记得当时超市里还有两个顾客，听到后也都把目光转向了他。

那天高远仓皇从超市出来的时候对自己说，你疯了吗，怎么会说自己是个作家呢？你到底想干吗？这么问了自己几遍，他又觉得有些委屈，自己什么也不想干，只是不想让别人知道自己是个待岗工人。一个正当年的人待岗在家，不外乎这几种可能性，没有受过好的教育，或者能力有问题，再有就是生性懒惰，不愿工作。

待岗两个月了，高远至今没调整好心态，这么说无非是想给自己的无所事事披上一件好看的外衣。是啊，就是这样的。

随后的几天里，高远都没好意思再去理想超市，经过它家门口时，他也是低着头一副急匆匆赶着去办事的样子。但是他没事可干，一个待岗工人能有什么可干的呢。

从小到大，高远都是那种特别普通的孩子，对这样的孩子，父母和家长既不用特别担心也不会寄予过高的希望。高远出生在一个普通的家庭，智力普通，长相普通，身高普通，成绩普通，考上了一所普通的高中后理所当然地没有考上大学。没读过大学当然找工作也就困难一些，没有一份好的工作找女朋友当然也就更难一些。虽然高远目前生活中有一个女朋友，可就像高远对她不怎么满意一样，后者对他也很不上劲。他俩之于对方都是鸡肋，同时又都是对方没有选择的选择。

一个普通的人有一个普通的人生是一件再正常不过的事，高远也从未想过改变。这三十一年来，他所做的就是顺其自然。

不过，高远有个不普通的哥哥，在差不多让父母操碎了心之后，这家伙成了一个作家。这真是个让人目瞪口呆的结果。他从小作文写得不怎么样，而且在大学里学的是机械制造，跟文学完全不挨边，怎么就成了一个作家了呢？这真让高远想不通。

哥哥的成功让高远对作家这个职业有了新的看法，它并不像高远原先以为的那么神秘和复杂，不就是待在家里，愁眉苦脸地一坐就是大半天，把房间弄得烟雾腾腾的，把家里人熏得直流眼泪。他读过几篇哥哥的文章，依他看，哥哥所谓的写作就是用文学这个借口发牢骚。而哥哥眼下的生活则是和不同的女人周旋，实在周旋不过来了，就拍拍屁股一走了之，然后他们的父母就像救火队员似的跑到哥哥家去说服挽留他的妻女。父母去之后，嫂子也拍拍屁股回娘家，留下祖孙三个人继续把日子过下去。

这几乎已经成了高远家的一个惯例，父母以安抚嫂子的名义去哥哥家住一段时间，给高远和他的女朋友腾出一个空间。高远想，在父母心里也许希望自己能尽早生米煮成熟饭，至少他母亲是这样想的。如此这般，似乎高远的婚姻就有着落了。

可是高远的女朋友小孔并不领情，她认为这是高远和父母联合起来搞的一个阴谋。她经常用尖酸刻薄的话语打击高远好不容易聚集起来的热情。最过分的一次，她居然对高远说，作为一个结婚的对象，你只有性别是符合我要求的。高远一下子被说蒙了，辗转反侧了大半夜才想出一句回应的话。他立即拨通了小孔家的电话，是她父亲老孔接的，高远异常严肃地说有一件重要的事要和他女儿谈。老孔紧张起来，一再问，是什么事。高远颇为不耐烦地说，别问那么多了，让小孔接电话吧。说实话，那会儿高远认定这是最后一次往她家打电话了，因此也就没什么好顾忌的了。

那个电话后，小孔对高远的态度有所转变，似乎那个电话让她认清了自己的真实状况。那就是高远在电话中最后扔给她的四个字：彼此彼此。

“中午又是方便面？”超市老板娘把找的零头递给高远，笑吟吟地看着后者。老板娘长着一口洁白整齐的牙齿，出现在她暗淡无光的脸上就像是个意外。每次她一笑，高远就忍不住去看她的牙。他怀疑那是假牙。

“这个方便。我一个人，图个省事。”

今天高远本来是可以不来超市的，确实没什么需要买的。早起他上了会儿网，看了会儿电视，给两个同样也在待岗的同事打电话，互相用粗话发了一通牢骚。无聊至极，他又往哥哥家打了个电话。母亲接的，劈头就问小孔怎么样，好像吃准了小孔住在高远这儿。说了两分钟，母亲突然让高远把电话挂了，说她打过来。高远赶紧说没什么要说的了，就这样吧。可母亲很快就打了过来，又闲扯了足有二十分钟。挂了电话，高远拿起钥匙就出了门，似乎他在之前所做的只是为了证明在家待着确实没意思。

“最近写什么大作了？大作家。”

“没写什么，没写什么，天太热，而且最近看世界杯呢。”

“那以前的也行啊，拿几篇给我们看看嘛。你不是答应过我们的吗？要不然告诉我们哪儿能买到，我们自己去买。新华书店有吗？那儿应该有吧？你不知道我们小金可爱看书啦。”

小金的脸红了。她的脸又红了。高远从未见过一个人像小金这么爱脸红的。她是见谁都脸红，还是面对他高远才这样的？

“好的，下次吧。”

说起来得怪自己，为了更贴近自己眼下作家的身份，前几天，高远跑了一趟新华书店。高中毕业后，他再也没去过那里。平常除了《足球报》，他连家里订的晚报都懒得翻。一阵眼花缭乱之后，高远挑了两本书名拗口不出意外的话他一辈子都不会去读的书。书拿在手里，高远感觉不自在，就像一个习惯光脚在泥地里走的人突然穿着鞋上了水泥路。在去超市的路上，高远变换了几次姿势，最后觉得这件道具还是夹在腋下显得比较随意。那天一进超市，坐在收银台后面算账的老板娘一眼就看到他腋下的书，不无欣喜地站起来，指着问，这是你写的书吗？高远感觉洗涤用品的货架那儿探出了大半个脑袋，很快又缩了回去。他连忙解释是刚在书店买的，是别人写的书。老板娘“哦”了一声，有些失望，坐下继续算她的账。高远把书放在收银台，进去拿了两包方便面。走出来时，他看见老板娘懒洋洋地趴在收银台上无聊地用圆珠笔的上端拨拉开上面那本书，用一种看不懂的表情看着下面那本的书名，站在她身边的小金则歪着脑袋从侧面在看书脊上的书名，却并不伸手去拿。见高远过来，老板娘来了精神，提出要拜读高远的大作。高远当然很是意外，支支吾吾的。她随即补充道，看完就还你的，说到做到。高远还能说什么呢。不过，在那一刻，高远依稀看到了谎言被戳穿的尴尬以及小金失望、不屑的眼光。

高远已经拎着东西出来了，听见老板娘在后面喊道，我们可等着喽，要不让小金跟你回去拿吧？高远只当没听见，加快步子往家走去。

高远搬到尚东小区也就两个来月，房子名义上是父母买的，其实有一多半的房款是哥哥出的。一个人有能力了，在物质上对家庭的贡献大了，在这个家里说话也就有了分量。

就在十年前，高远偶尔还会用一个兄长的语气劝导哥哥几句，而父母对这个惹是生非的长子更是持一种管不了也不想管的态度。那会儿哥哥回家很少能看到好脸色，父母总觉得不定哪一天这个孩子就会惹出大祸的。他们和哥哥说话惯用的就是那种恨铁不成钢的口气。而对高远，父母的态度则要温和得多，因为根本就不指望他出人头地，哪怕他现在待岗在家，他们也认为是可以接受的。在父母眼里，高远是平庸的，没什么能力的，时不时地还需要拉扯上一把，总之是一个无大害也无大用的人。

走到单元门口不过五分钟，高远已经是大汗淋漓。外面一点风也没有，灼热的阳光裹挟着接近饱和的湿度，使得空气像是一种有温度和重量的黏稠的气体。高远伸手抹了一把额头的汗，嘴里骂了一句，这鬼天气。

打开电子门锁，高远刚跨进一只脚，后面有个声音说道，请等一等。高远回过头去，是住在他对门的邻居，一个四十来岁的男人，装修房子期间打过几个照面，搬过来后反倒很少见。那人一头大汗，烟灰色的T恤胸口洇湿了一大片，稀疏不多的几绺头发耷拉在脑门上，看上去有些狼狈。这家伙跟在自己身后，怎么悄无声息地一点动静都没有？

道过谢之后，那人径直往电梯处走去。他后背的衣服湿了更大的一片，和皮肤粘在一起就像是贴了一块狗皮膏药。

“天真够热的。”高远说。

“是啊，够热的。”

不知为什么，高远就是觉得他回答得一点都不由衷，仅仅是出于礼貌才应了这么一句。

在电梯口停下后，高远注意到他手里拎着满满当当两大袋，居然全是碗面，康师傅红烧牛肉面，和高远喜欢的一个口味。再一看，塑料袋外面印着“理想超市”的字样，难道他也刚从理想超市出来？自己怎么没看见他。那人见高远在看他手里的塑料袋，稍稍抬了抬手，说，买了点东西，刚才看见你了，在超市里。

“哦，是吗？我没看见你。”高远有些心虚，老板娘刚才说的话他听见了吗？这人离自己的真实生活是如此之近，也许早就从爱搭讪的父亲那里知道了自己的真实情况。如果他问自己是不是一个作家，那我就否认，说是开玩笑的，玩笑而已。

然而那人只是礼节性地笑了笑，然后微仰着头看着电梯门楣上的数字，神情专注，仿佛看那些闪烁变换的数字是一件很有乐趣的事。难道他根本没有听见老板娘那破锣嗓子，或者听到了却一点也不好奇？再或者他明知是个谎言，只是不愿戳穿他罢了。

电梯下到五楼后就停在了那里，不下来，就是不下来。那人眉头紧锁，神情越来越严肃，一动不动地保持着扬脖凝视的姿势，连眼睛都不带眨的，好像是在和那个“5”字较劲。汗从他的额头滚落下来，经过脸颊，短暂地在下巴处停留，最后滴在胸口。它们是那么源源不断，就像是一支训练有素的运输部队，而此人却浑然不觉。

忽然，他就朝安全通道口走去，没和高远打招呼。他刚走，电梯就下来了。高远想叫住他，但楼道里的脚步声重重的，跟谁赌气似的。

电梯里首先出来的是一条苏格兰牧羊犬，然后才是人，最后出来的一个男人看见高远，眼前一亮，嘴里“哎”了一声，随即热情洋溢地冲着高远招呼道：你好！这是个六十来岁的瘦子，不只是瘦，而是干瘪，并且皮肤枯黄，像一条被风干了的咸鱼。

高远完全不记得认识这个人，也不记得曾经见过他。在电梯门就要关上的时候，那人竟然伸手扒住门，就像超人一样。

“你就是那个作家吧？”

“什么？”

“我是听超市老板娘说的，真没想到啊，这么年轻，荣幸，荣幸，能问一下你的名字吗？”

“名字？”

“是啊，能问一下你的大名吗？”

“那个——我叫，高瞻。”

“高瞻？啊，久仰，久仰。”那人好像有点意外，但更多的是惊喜，“是那个写《扣你一脑门屎》的高瞻吗？”

高远不清楚哥哥是否写过这么一个东西，也不知道这个世界上是否还另有一个叫“高瞻”的作家，但在对方瞳孔放大的注视下，此刻他好像只能点头默认。

“对了，前两天的晚报上我还读到过一篇你的文章，是说七夕情人节的，题目叫什么什么的谎言。”他眨巴着眼睛努力想把那“什么什么”给想出来。

电梯门又一次要合上，瘦子两手各撑住一侧的门，愣是不让它们合上，同时眼巴巴地看着高远，希望后者能把那个“什么什么”的空给填上，但高远实在帮不上他的忙。

搁下东西后，高远直奔卫生间冲了个澡。水没有加热，但也不冷。入夏以来，高远每天冲澡的次数不下于五次。这几天更是时不时地冲一下，和小便的频率近似。高远讨厌出汗，可又不喜欢长时间地待在空调房里。他有神经性头痛的毛病，吹不得冷风。

水流声中，依稀有门铃声。高远关了水龙头，侧耳听。是他家的门铃声。大概是因为芯片受潮了，那首《生日快乐》听起来怪里怪气的，就像一个五音不全的孩子却扯着嗓子极其认真地在歌唱，十分搞笑。而小孔说高远家的门铃像是猫在叫春，太淫荡了。

高远猛然想到了小金，她真的被老板娘派上门来拿书了？他蹑手蹑脚走到门口，凑在猫眼一看，是刚才在电梯遇见的那个干鱼一样的男人。可是他来干什么呢？高远退回到卫生间，边擦身子边问：谁啊？

“高作家，我是五楼的，刚才我们在电梯口见过的。”

“有事吗？”

“请开下门，好吗？”

高远从洗衣篮里捡出刚扔进去的衣服，抖了两下，领口和后背有点潮，将就着穿一下吧。

“对不起啊，打扰了，”高远刚把门打开，一张皱纹纵横的笑脸就塞了进来，“你在搞创作，是吧？不好意思，不好意思。”

“有事吗？”

“没事，没什么事，当然，这样说也不准确，还是有一点事的，一点小事，”说着他伸出小拇指比画了一下，“但是不知道你现在忙不忙。”

“还行，怎么啦？”

“很冒昧啊，那个，”他搓着双手，欲言又止，“那个，是这样的，我想和你聊聊，聊聊我的经历，不知道你有没有兴趣。当然，还得看你有没有时间。”他干瘦的老脸上泛着羞涩的红晕，好像为自己的请求感到难为情。

高远这才意识到此时自己的身份是作家，人家是来找那个叫“高瞻”的作家的。

“我知道你很忙的，时间宝贵，不瞒你说，前几天听说小区里住着一个作家我就想来找你，想给你提供一些素材。写作不是需要素材的吗？再一想，又觉得太冒昧，刚才正好见着了，打过招呼就算是认识了。对了，你这会儿不忙吧？”不等高远回答，他变戏法似的手里多出一张名片，双手递了过来。

高远直担心蚊子飞进来，打断道，要不进来说吧。

老张一口断定自己这大半辈子的经历绝对能写本书。不，本身就是一本书，而且还不是一本平庸的书，其中的曲折、浪漫、惊险有着浓郁的传奇色彩。

老张出身贫寒，靠着个人的奋斗来到了城市，从一个被使来唤去的小学徒做起，一步一步成长为一个国家干部。二十世纪八十年代初期，他成了一家烟酒糖批发部的经理，同时脑筋活络的他还私下里倒腾着计划经济中的紧俏商品，所以他曾经有过钱。

说到“钱”这个字时，老张加重了语气。高远不好判断“有过钱”是个什么样的概念，不过他能感觉出“钱”这个东西让老张爱恨交加，并且言下之意是，现在没有钱了。

谈到目前的生活，老张的表情黯淡了许多。两个儿女成家后除了逢年过节，极少回来，偶尔打个电话，不是让帮着去学校接孩子，就是水电费到期忘交了。他们想到父母的时候基本上都是有活儿要给父母派。

高远尽量装出一副认真在听还挺感兴趣的样子。不是说作家要多倾听民众疾苦吗？虽然他暂时还不习惯在理想超市之外，在小金和老板娘的眼光之外当一个作家，但得承认，这样的感觉相当不错。一个人主动把他的经历一五一十地告诉你，你可以背着手随意在他的人生里东走走西瞧瞧，像一个视察工作的领导，遇到不明白的随时可以提问。你有疑问表示你认真在听，表示你对此重视。

坐在高远对面的老张时不时地会停下来强调上一遍，希望高远在写的时候不要用他的原名，免得麻烦。说的次数多了，高远不得不安慰他，不会写原名的，放心，如果真要写的话，所有的人物都会改姓换名的。老张说他的这些故事连他老婆也只知其中的一二，他不告诉她是不想让这个没见过世面因而思想狭隘的娘儿们有不必要的猜疑。尽管高远没见过那个女人，但可以想象得到，她只是和老张的躯体过了半辈子。

老张浓彩重墨说到的是这么一个女人，她出现在他人生最辉煌的阶段，那时候他有钱，有精力，有身体，还有在计划经济下散发着特殊魅力的那么一点权力。她或许真心喜欢过老张，老张也为此尽其所能帮助了她。可她羽翼丰满后离开了老张，带走了他的感情，他的钱，改变了他的世界观。这经历和伤痛老张无处诉说，他耿耿于怀，他希望通过某种途径报复或者教育她一下，不过前提是不能影响自己的生活。他希望他的这段经历能变成文字，让大家读到，能引起舆论的反应，从而达到在道德层面上谴责她的目的。

高远把左脚放到右腿上，身子又往沙发里陷了一些。他认为此刻自己手里应该夹支烟，哪怕不抽让它慢慢燃着呢。他环顾客厅四周，父亲连一个烟屁股也没留下。

第二章

下午六点半，高远下楼，去小区的车库取他的自行车，然后骑车去他常去的那家网吧玩上半宿CS。他家的那台老奔四也就凑合上个网。平日里父亲看不得他在家玩游戏，认为那纯粹是件费眼费电费精神的无聊之事。

接连三天，高远都在车库前那条假模假样的仿古回廊上见到老张。黄昏时分，地表聚集了整个白天的热量，要是没有风，那这时待在户外简直是在蒸桑拿。老张坐在回廊的水泥边栏上，手执一把纸扇，不紧不慢地摇着，看见高远过来，他就像偶遇一样迎上来，脸上堆着讨好的笑容，问，忙完了？高远怀疑他坐在那里不是一时半会儿的了，或者干脆就是为了遇上高远才候在那儿的。

为了证实自己的判断，今天高远比平时晚了半个小时下楼。果不其然，老张在回廊里踱着步，纸扇摇动的频率快了许多。高远忽然有些感动，自己曾经像这样在放学的路上等过暗恋的女同学，也因为忘带钥匙在家门口蹲过一下午，还拿着彩票怀揣着发横财的白日梦守在电视机前等待摇奖，当然他的等待无一例外地都以失望告终。但是，被人等，这还是头一次。

“写了一天很累吧？”

“哦，还行，习惯了，就是腰这儿有点僵硬。”高远说着用拳头在自己腰上捶了两下。拿拳头顶着腰眼是哥哥的习惯性动作，他总是说自己的腰像是被掏空了似的僵硬酸疼。

“哎哟，这个问题可不能不当回事，腰可是男人的命啊。我知道有个地方按摩不错。别误会，不是异性按摩，是盲人按摩诊所，里面有个按摩师是我儿子的中学同学，不，不，我儿子不是盲人，那孩子本来也不是盲人，一次意外眼睛瞎了，所以去学了这门手艺。现在他是那儿的什么首领，不对，不对，让我想想，哦，叫作首席按摩师，诊所门口就挂着他的照片，他可是那儿的招牌。”

“我这是老毛病，歇会儿就过来了。”

“就因为是老毛病，更不能马虎。我带你去，不太远，就算你今天不按，认识以后，自己单独也可以去。怎么，很忙吗？”

“是，有些忙。”

“怎么，开始写了吗？”

“写什么？”高远不解地迎着老张热切的眼光。

“我的故事，我给你提供的那些素材呀。”

“哦，那个，我正在构思。”

“对，得构思，作家动笔之前都要构思的。”

今晚的战果可谓辉煌。走出网吧，已经是凌晨四点了。高远感觉胃里空荡荡的，再有就是两条腿，尤其是小腿肚子胀得难受。他在网吧待了将近十个小时。尽管不是最长的纪录，但也够长的了。高远站在门口定了定神，然后才骑上车往家去。

天色灰蒙蒙的，依稀有了一点要亮起来的意思。街道两侧的店面都关着门。高远骑得很慢，他希望能在沿途找到一个已经营业或者快要营业的早点铺。这个点回家比较尴尬，不往肚里垫点儿东西恐怕一时半会儿难以睡着。

一路上，除了被两个同样骑自行车的人超过，高远再没看见别的人，街道因此显得比白天宽敞。往常他一般在一点前结束战斗。说实话，像他这个年龄还耗在网吧里的不多，混在一帮还在发育的小年轻中间，他自己都觉得不好意思。有的孩子玩累了在椅子上或一边的沙发里蜷一会儿，然后接着玩，一点没事。高远不行，打十个小时基本是一个极限，否则第二天身体就该给他颜色看了。

骑到小区门口，也没找到一家有营业迹象的早点铺，高远下车来，把车支好，打算再等等，顺便活动活动身子骨。

小区里有一个人在往外走。这人低着头，走得很慢，每走一步似乎都很犹豫。在将明未明的天色里，整个人像是罩上了一件雾气蒙蒙的外衣，变得飘忽而不确定，只有当他走进路灯光里，模样才清晰起来。

高远微张着嘴，一只手下意识地抓住车把。在这个寂静的凌晨，在昏暗的灯光下，对面缓步走来的这人平添了一层虚幻鬼魅之意。

又走近一些后，高远才看清那人确实是他对门的邻居。这时那人刚好抬起头，他的眼神掠过高远的脸，掠过高远身后的夜色，然后继续低下头去。高远不能肯定对方是没看见他还是看见了只当没看见。

到小区门口，那人动作轻缓地推开虚掩着的边门，跨出一只脚的同时，抬头看了一下前面。高远就站在离他不足二十米远的地方，脸冲着他，等待两人的眼光交接上。凌晨四点多，遇上一个认识的人，怎么也得打个招呼吧。然而那人很快又把头低了下去，似乎他抬头只是衔接动作的一个环节，相当于鲸鱼探出水面换了口气。

不管怎样，他们是邻居，而且是对门邻居，几天前还打过招呼，总也算是认识了吧，怎么能如此冷漠呢。高远朝他走了两步，在擦肩而过的那一瞬间，高远说，你好。

对方被吓得一哆嗦，惊愕地扭过脸来，看了足有两秒钟才认出高远来，被动地回了一句，哦，是你。

“起这么早？”

“嗯。”声音很闷，更像是一个表达不满情绪的鼻音，不等高远做出反应，他匆匆走了。

高远心里来气，怎么可以如此漠视他的存在和热情，也太不近常理了吧。他妈的，什么人啊，眼睛长在屁股上了，人模狗样的，以为自己是谁啊。高远骂骂咧咧的，但还是觉得不解气，因为明知这些话对方听不见，于是他提高嗓音冲着那个急急远去的背影继续骂道，大清早的，赶这么急，去报丧啊，看你那一脸倒霉样吧，眼屎还在眼窝里呢，我看你是还没睡下吧？

那人一下子停了下来，缓缓转过身来，站在原地，看着高远，也不说话，就那么用一种吃惊的表情看着他。

高远正说得来劲，就算是出于自尊也不能立马停下，不过声音低了下来，就像是在自言自语，出门也不先洗把脸，擦擦眼屎……但那人骤然严肃的表情让他把剩下的话咽了回去。

那人警惕地四下看了看，紧走几步回到高远跟前，压低嗓音，你怎么知道我还没睡？

高远被问愣住了，随口说道，看你这张隔夜面孔就不像是刚睡醒的。

对方似乎没能理解高远话中的意思，侧过脸去皱眉想了想，猛然抬起头，逼视着高远的眼睛，你还知道些什么？

高远不由得紧张起来，但他还是用一种玩笑的口吻回答道，知道什么，知道你晚上没睡干坏事去了。

“那你知道我干了什么坏事？”那人挑衅似的把脸凑到高远脸前。

“什么坏事，当然不是一般的坏事，”在对方咄咄逼人的注视下，高远心里一阵发紧，脊背蹿出一层冷汗，他打岔道，“行啦，不开玩笑了，我要回去睡觉了。”

高远说着踢开自行车的脚撑推了车要走，然而那人一把按住车龙头。

就这一会儿的工夫，街上有人走动起来。一辆农用三轮车动静很大地从高远他们身边经过，车开过去后又倒了回来，停在他们跟前，并不熄火。车上装的是蔬菜，用塑料布盖着。驾驶座上并排坐着一对男女，男的精瘦，戴着一副眼镜，女的脸盘又扁又大，其面积几乎是旁边那张脸的两倍。车上的两人互相探询地交换了一下眼神，然后好奇地毫不掩饰地看着这两个面色严峻沉默不语各把着一头车把的男人。

中午，高远是被门铃声吵醒的。他想，真该尽快把这门铃拆了。铃声执着地响着，由此高远也可以肯定门外的人不是小孔，依她的脾气，早就踹门了。

高远翻了个身，把枕头压在脑袋上试图再次睡过去。不知怎的，脑子里突然就出现了对门那个男人的样子，他从床上惊坐起来，由于动作过于剧烈，右胳膊肘上的伤口碰到了凉席，疼得他直倒吸凉气。

难道是他？高远下床，捂着受伤的胳膊肘走到卧室门口，侧耳屏息听着外面的动静。有说话声，像是好几个人，其中隐约还有老张的声音。

重新回到床上躺下后，高远听见自己的心脏剧烈的跳动声，它在整个房间扩散开来，它的动静已经盖过了外面持续不停的门铃声。

那个男人实在太反常了，凌晨时分，诡异的行为，激烈、狂躁的反应，不是脑子有问题就是昨晚真的干了什么坏事。早晨那会儿要不是那对菜农夫妇的出现，那家伙指不定会有更激烈的举动。当时两个人各抓住车把的一端，高远清楚地感觉到有一股力量通过车把传递过来，同时，他被迫也不断往车把上加着劲，以此来保持自行车的平衡。他们就像两个比试内功的武林高手，表面上不动声色，暗地里已是风起云涌。

怎么就松开了车把，高远没想明白，反正那人突然转身就走了，自行车当即朝那一侧倾斜过去，高远随之倒了下去。亏得他反应还算快，一只手首先撑到了地面，避免了整个身体直接撞在翘起的车把上，不过右胳膊肘还是在地上磕了一下。农妇惊叫了一声，和高远倒地的动作相比，略显滞后。等高远龇牙咧嘴地从地上爬起来，那家伙已经跑出去好一段了。他跑得是那么快，仿佛受到了巨大的惊吓。

下午，在老张的陪同下，来了两个居委会的人。他们说吃午饭的时候曾经来过一趟，此次来访的目的是想邀请高远参加社区智力竞赛的评选。他们是从老张那儿得知这个社区里住着一位作家。他们认为这是社区的光荣，也是社区的资源。高远当然坚决地推辞，而那三位则更为坚决地坚持。

送走他们之后，高远萌生了暂时逃离这儿的想法，他觉得这样下去事情将变得不可收拾。他再一次依稀看到了谎言被戳穿时的尴尬以及小金失望、不屑的眼光。

第三章

在燠热中醒来，高远感觉身体挨着凉席的部位又热又黏。屋里一片黑，凭感觉至少应该有十点钟了。高远伸手轻轻触摸了一下胳膊肘上贴了三条创可贴的部位，然后才小心翼翼地用左手撑着上半身坐起来一点。他摸索着找到床头柜上的手机，想看一下时间。但是看过时间后干什么呢？

手机就拿在高远的手里，他并不急着看。他觉得其实自己并不需要知道时间。钟表上的时间对他来说没有任何指导性的意义。这两个月，他基本上是按照自己的生理需求在支配时间，饿了吃，困了睡，像动物一样。

手机屏幕的亮光刺得高远眼睛生疼，他不得不闭上眼。过了片刻，他慢慢从床上起来，坐在床沿，光脚踏在地板上，垂着脑袋，对自己说，又把一天糊弄过去了。

外面的防盗门被拍得震天响。像是小孔的作风。这个时间她来做什么？自从上一次，高远强行和她亲热未得逞之后，小孔就刻意避免和他独处一室，特别是晚上，她说不想把自己就这么不明不白地交给高远。

开门前，高远习惯性地往猫眼瞄了一瞄，首先看见的是一团黑，盯着看了片刻，才看出来那是小孔的头，正对着猫眼在晃动。

"我知道你在里面，快开门。"说着又是一阵捶打。

高远知道她又喝多了。当然她不喝多也不会主动来他这儿。

门打开后，高远熟悉的那个小孔绵软地倚靠着门框，耷拉着脑袋，手袋垂在地上。

"怎么不先打个电话来？"

“打电话，为什么要打电话？怎么，我妨碍你的好事了？里面有别的女人？”小孔喷着酒气，眯缝着双眼，一脸的讥讽。

高远打心底里面讨厌酒鬼，尤其是女人，把自己喝得东倒西歪、语无伦次的样子更让他难以接受。他伸手去扶小孔，被后者的胳膊隔开了。

“你为什么不给我打电话？这一段你到底在干什么？”她似乎并不打算进去。

“进来再说吧。”

“你先回答我。”

“什么也没干，我还能干什么。”

“是吗？”她斜眼瞟着高远，“我怎么觉得你最近很忙啊，连一个电话也没有，以前你有事没事老给我打电话，这是怎么啦？”

“你轻点，这都几点了，进来再说吧。”

“有别的女人了？怎么，真有别的女人了？”但她脸上分明是一副“你小子怎么可能有别的女人”的神情。

“你不是不喜欢我烦你吗？”

对面邻居的门打开了，灯光从里面倾泻出来，一下子把过道里黑暗的地方给照亮了。对门的男人站在门口，冷冷地看着这边，也不说话。高远扯了一把小孔，后者被那个男人的样子给镇住了，悻悻地跟着高远进了屋子。

高远想，自己以前真是太迁就她了，语言和行为都缺乏力度，所以在和她交往的过程中始终处于下风。再想到上一次那个电话，自己说了一些难听话后挫伤了她的锐气，反倒让她改变了态度。他妈的，真是个贱骨头，对她好，她就蹬鼻子上脸，真要不把她当回事，她又反过来往他这儿贴。

给小孔倒了一杯水后，高远转身去厨房给自己泡方便面。没一会儿，从客厅传来了电视的声音，音量开得很大，并且越来越大。过了一会儿，声音低了下去，没一分钟，又响了起来，响到几乎让人没法忍受的程度。

高远故意不用大火，磨蹭着多在厨房待会儿。两人凑在一起通常所做的就一件事，吵嘴。而酒后的小孔更是来劲，情绪高亢，声音尖亮。

中午也是方便面。一个有的是时间的人却整天以方便面度日，这说明什么问题？直到把面做好倒进碗里，高远能给出的答案就是：混得不好呗。这么一想，不免有些伤感。

“你在干什么？”

高远转过身去，看见小孔倚着厨房的门框，手里端着自己刚才给她倒的那杯水，神情里除了她惯有的不耐烦，还有怪怨。他的心情随之坏了起来。

“泡面，没看见吗？”高远说着用手里筷子敲了一下碗沿，“在泡面。”

“泡面就泡面呗，你喊什么喊？”小孔的声音陡然提了起来。

“我哪里喊了，是你在喊。”

高远阴沉着个脸端上面碗往客厅去，站在门口的小孔挡住了大半个门，毫无避让之意。高远只得侧着身子过，可经过时还是擦到了她的肩膀，滚烫的面汤撒了出来。高远快速把碗放到客厅茶几上，然后跳着脚去抽纸擦手。

“你是饿过头了还是吃错药了？”小孔气咻咻地跟过来，冲着高远嚷道，“从我没进门你就铁青着个脸，真不知道是哪根筋搭错了。”

“你他妈的才搭错筋了呢，”高远粗暴地打断了她的话，“半夜三更地跑来耍酒疯，也不知道在哪儿灌的黄汤，和哪个王八蛋灌的。”

小孔怔在那儿。高远也没想到自己的语气会这么恶劣，他想说句补救的话，可一下子调整不过来，于是他只能继续阴沉着个脸，走到电风扇那儿，调了一下风口的角度，然后拖过一只矮脚凳，一屁股坐下。

眼前的这碗面冒着热气，高远感觉一点食欲也没有，但他还是抓起筷子，赌气似的捞起一大筷子就往嘴里塞。面烫极了，他差一点吐出来，在嘴里盘了几下后，坚持咽了下去，接着泪水被逼了出来。

小孔从高远身后绕到他面前，把水杯重重地蹾在茶几上，水洒了出来，高远碗里的面汤也被震得晃荡了一下。他擦了一下眼睛，抬起头，迎接他的是小孔挑衅的眼光。她站在他对面，风扇的风正好被她身体挡住了。从高远这个角度看过去，手叉着腰的小孔凭空高大了许多。

“走开，别挡着风。”

小孔既不让开也不吭声。高远对自己说，不要管她，更不要去看她的眼睛，低头吃面。从中午那碗面下肚到现在已经十个小时过去了，他胃里早就空了。

屋子里除了风扇叶子转动时和空气相摩擦的声音，就是吸溜吸溜吃面的声音。高远尽量想吃出狼吞虎咽无比美味的样子，可事实上，嘴里的面越来越难以下咽，同时动作也越来越僵硬，最后他颓然地把筷子插在了面里。

“你能不能不要挡在这里？”

小孔一点反应也没有，仍旧站桩似的戳在那里。高远急眼了，叫道，你他妈的到底想干什么？没想到小孔用更大的嗓门回敬道，他妈的，他妈的，你嘴巴里能不能放干净点。

高远努力克制着情绪，过了片刻，他用缓和一些的语气说道，这么晚了，我不想和你吵。

“好像我愿意跟你吵似的。”

“说吧，你过来干什么？”

“不干什么，恰好路过，好久没见，上来看看你。”

高远等了两秒钟，问，还有呢？

“没有了。你觉得我还会有什么事？”

“我觉得，”高远停顿了一下，他提醒自己不要说难听话，没必要的，但不说出来又心里发堵，再有，小孔那张怒气冲冲的脸，那个俯视的角度，那种审视的眼光，那副习惯性的训斥的口吻，都让他备感压抑和撮火。高远站起来，梗着脖子，语气很冲地说道，“我觉得你是来找碴儿的，来找不痛快的。”

“笑话，你是我肚子里的蛔虫，我自己都没想到的事你却知道，真是笑话。”

“别否认了，你我心里都清楚是怎么回事，你根本就看不上我，我没钱，没势，现在连工作也没有了，我顶多也就是你一个垫背的，无聊了，心烦了，找我来解解闷，发发邪火，不是吗？”说着说着高远的声音又高了起来，而小孔反倒平静了下来，这会儿看上去一点也不像一个喝多了的人。也许她今天压根就没喝多。

外面传来开门的声音，接着又重重地关上了。高远下意识地看了一眼墙上的钟，差五分十二点。他重又坐下，拿起筷子搅拌了几下碗里的面。面已经涨开了，稠稠厚厚的一碗，看起来比没吃前还多。

此刻的小孔竟然面带微笑，就像看一个无理取闹的孩子那样地看着他。高远更来气了，控制不住地咆哮起来，你他妈的笑什么？有什么可笑的。

高远浑身燥热难当，走到电风扇前，脸对着风扇，把风速开到最大挡。过了一会儿，他顾自摇着头，说，算啦，今天太晚了，还是别说了，什么都不要说了，你回去吧。

可小孔似乎打定主意就是不接他的茬，高远感觉自己用力打出去的每一拳最后都落在了棉花堆里。更让他受不了的是，小孔还做出一副看西洋景的样子，饶有兴趣地看着他，好像他是一只正在做表演的滑稽可笑的大猩猩。

“你要不走，那我走。”

高远回卧室拿着裤子出来，小孔还在原来的地方站着，看不出有要走的意思。他套上裤子，从门口鞋柜上拿上钥匙，打开门，走了出去。

下到底楼，高远才发现既没拿自行车的钥匙也没带钱。他抬头望了望十一楼自家亮着灯的窗口，现在只能寄希望于小孔尽早下来了。

沿着附近相邻的几幢楼走了两圈之后，高远发现了一个可以观察到他所住的那个单元楼梯口的制高点，也就是老张常守在那儿逮他的那个回廊。回廊下面是一个用土堆出来的斜坡，坡上稀稀拉拉种着几棵柳树。往东三十来米，有一只高远从来没见它喷过水的喷泉。这一块差不多是小区的中心地带。设计者的初衷是想给这个小区增加点园林的意味，但这个没有陪衬和点缀的水泥回廊显得生硬、局促而且突兀，是个败笔。

外面一点风也没有，乘凉的人无凉可乘也都回去睡了。高远刚在边栏上坐定，蚊子们就不失时机地拥了上来。他只得走动起来，即使这样，个把胆大的蚊子还是伺机往他身上凑。高远不得不连胳膊也摆动起来，不时还晃一下脑袋。

高远先是看见一个骤然亮起来又暗下去的红点，随后意识到那是一支燃着的香烟。在烟头的明灭间，高远看清楚斜坡下有个人也仰着脑袋在看他。高远想，那人一定又害怕又好奇，夜深人静的，竟然有个黑影在黑漆漆的回廊上来回晃动着。高远坚持着又走了几个来回，四肢运动的幅度明显地小了，然后顺着斜坡走下去，绕到他家那幢楼的后面。

他卧室的窗口黑着，高远记不起来刚才有没有开灯。在相邻的两幢楼之间有个牌局，战斗正酣。四个男人就着昏黄的路灯，一条长凳，两端各有一人骑坐着，中间就是他们的牌桌，另外两人坐在小马扎上。高远走过去看了一看，打的是双升，来钱的，不过看样子赌得并不大。有个胖家伙每甩出一张牌嘴里就跟着很有气势地骂上一句：我操！一副豁出去了的样子。而坐在他下手的人在出牌的同时毫不含糊地接上一句：来操吧。

高远又回到楼的正面，他家客厅的灯依然亮着。小区有两个出口，南北各一个，十二点后，北门一般就关了，要想出入小区，只能走南门。他担心就在自己绕到后面去的那会儿小孔已经下来了，所以他朝南门的方向走去。

一眼看过去，通往南门的小径上连个鬼也没有。高远在想，是不是到常去的那个网吧待上一宿，让老板赊一回账应该没问题。但想到步行着过去要将近半个小时，又觉得实在太远了。他刚折回到斜坡前，就听到回廊那儿传来吧嗒一声。他本能地止住了脚步。

回廊的中段有个人，似乎是坐着的。黑暗中，高远不能确定这人就是老张。他往上走了走，怕吓着老张，先咳了一声，然后才问，是你吗，老张？

那人站起身来。高远立即意识到自己认错人了，这个人明显地比老张胖，也高一些。那人突然就打着了打火机，在他看清高远的脸的同时，高远也看清了他，是住他对门的那个男人。

打火机灭了。恐惧瞬间扼住了高远的心脏，他的第一反应就是赶紧离开，面前这个男人传递给他的是某种危险的气息，至少这人不那么正常。

高远转身要走，那人没头没脑地问了一句，你也睡不着？嗓音低沉，透着平静，仿佛在这个时间这个地点遇见高远是他预料中的事。不知为什么，这异常冷静的和昨天凌晨判若两人的说话语气反倒让高远更加紧张。

“怎么，这就回去了？”

“哦。”

“抽支烟再走吧。”

那人朝高远这儿过来。实在太黑了，高远只是凭感觉意识到对方的手伸了过来，他没有去接，说，我不会。

“是吗，你这个年龄不抽烟的倒是少见。”

这次打火机打了好几下才打着，高远注意到火光后面那张脸的神情颇为怪异，似乎非常疲惫，同时又极为亢奋。那人深深地吸了一口烟，高远站在离他有三米远的地方都能听到他用力吸时发出的声音。高远盯着烟卷上那个燃着了的红点，眼睁睁看着它往后退，往后退，在烟卷的三分之一处才停住，紧接着又是一路后退。高远从未见过有人吸烟吸得这么猛的，三两口就把一支烟抽完了。

“你真的不抽烟？”说话间他好像又摸出一支，没有马上点着，而是叼在嘴里，他的声音听起来有些含混不清，“你是后来戒了，还是从来就不抽？”

“没抽过。”

“要不要来支试试？”

他又把手伸了过来，说，抽一支吧，没关系的。

“我不想抽。”

对方大概觉察出高远没有想要交谈的意思，点上烟顾自抽了起来。这一支烟，他抽得慢多了，虽然频率还是挺快的，然而每次只下去一点点，给人感觉他仅仅是在机械地重复。有了前面的让烟，高远觉得应该打个招呼再走，可对方没做出任何反应。

高远打算从另一侧的斜坡走下去，就要走到回廊尽头的时候，那个男人在他身后说了一句，哥们儿，再待一会儿吧。高远停下来，迟疑了一下，慢慢转过身去。

两人隔了有三十来米远，高远站在原地，并不想走过去。

“我已经有三天三夜没合眼了，你相信吗？”不等高远回答，他接着说道，“睡不着，怎么都睡不着，吃了安眠药也睡不着。什么？看医生？不用看医生，我自己就是医生，问题出在哪儿我很清楚。”

高远有些诧异，自己并没有建议他去看医生，自己只是站在这儿，什么话也没说。

“其实我们每个人都是医生，不是吗？心情不好的时候，身体有个小毛小病的时候，不都是自己解决的吗？”

高远努力睁大眼睛，然而只能看到对方一个大概的轮廓。

“兄弟，你说婚姻是个什么东西？”

“什么？”

“婚姻是个什么东西？婚姻就是把本来有浓度有强

度的男女之情变成淡淡的，淡到最后成了似有若无的亲情。就是这样的，这是我十二年婚姻生活的心得体会。其实这也没什么不好，大家都是这样在生活，可我就是不能心平气和地去接受。我不能忍受我的妻子用那种就像看家里一件家具的眼神看我，空空洞洞的，眼神里什么也没有。曾经灼热的目光现在变得连温暖也谈不上，冷淡、冷漠、冷酷，让人心寒。这样的两个人，每天在一个锅里吃饭，在一张床上睡觉，想想都觉得荒唐。”

高远愕然地看着边说边朝自己这边走过来的这团黑影，他在说什么？他想干什么？高远的一只脚下意识地往后退了半步。

“可事实上，我的妻子并不在乎我看她的眼神，也不在乎我是怎么看待和她之间的关系，排在她心目中第一位的是女儿，然后是她的父母，她的工作，最后才是我。”

快要走到高远跟前时，他又转身走了回去。

“好吧，我承认，是我主动勾引那女孩的，她年轻、单纯、活泼，虽然极力装出一副很有经验、对男女之间的交往很有把握的样子，但我一眼就看出她没什么恋爱经验。几乎没有什么过程我就陷了进去，我是心甘情愿陷进去的，甚至可以说是有意识陷进去的。和她交往后，我真切地感受到她是在用全身心和我谈恋爱，她的眼神，她注视我时的那种一往情深的眼神让我十分感动，我甚至产生了在她的注视下死去的冲动。有一阵子我脑子里只有一个念头，怎么才能脱身出来和她在一起。在一起，和她在一起。

“对啊，可以离婚。离婚，我想了千百次，但开不了这个口。我的顾忌太多，我们有孩子，双方的老人亲友，都没法交代。离婚这个话题从来都没涉及过，平时因为各自工作都忙，我们连吵架的机会都很少，在一起说的话不是有关孩子的就是双方老人的。人到了这个岁数，上有老，下有小，自己就变得不那么重要了。”

他走到回廊那头后又返了回来。高远看不见他的脸，只是觉得他的语气焦虑了起来。

“我每年都有十八天的假期，孩子放寒假的时候，我安排妻子和孩子去了一趟云南。这是我妻子向往已久的一个地方。早在一个多月前，我就主动提出等孩子放寒假，我们一家三口去做一次旅行。当然，我心里清楚到时候我是不会去的。我有我的计划。

“是我跑去旅行社给她们娘俩报的名，在买保险的时候，我脑子里忽然冒出一个念头，要是旅途中出意外的话，那么很多问题也就迎刃而解了。这个念头只是一闪而过，太恶毒了。我也因为我的恶毒自责了许久。我爱我的孩子，说实话，我的妻子是个还算不错的女人，虽然生活时间久了，没有感觉了，但她是个好女人。对这个家，对孩子，对工作，都是尽心尽力的。

“可后来真的出事了，她们的车在去思茅的途中翻车了。她们出事的时候，我和那个女孩在一起，我带着她去了普陀山。那几天，我总隐隐觉得有些不安，感觉要出事，转念一想，又觉得这多半是因为自己内心愧疚才生出的不安。”

沉吟片刻，他用一种平缓但沉重的语气继续道：“事情过去半年了，这半年我没睡过一个安稳觉。以前我的睡眠很好，只觉得不够睡，出事后，我没法上班了，整天待在家里，白天还好点，晚上整宿整宿地失眠，还掉头发，一大把一大把地掉。你看我，看我，现在像什么了，真是人不人，鬼不鬼的。

“有时我也安慰自己，她们的死和我曾经那么想过没有直接关系。但我确实这么想过，而且是我给她们报的名，而我安排她们去旅游是为了自己能偷情。她们的死和我脱不了干系，是我害死了她们。”

第二天早上冲澡，搓到身上痒痒的红包时，高远猛然想到了昨晚的事。他们站在黑暗中说了有二十分钟，仿佛那儿有个气场，走出去，有些话就没法说了。

洗着洗着，高远又想起昨晚自己几乎没说话，他只是站在原地，自始至终都是那人独自在说，而且还说得特别有条理，好像事先准备过似的。随着语速的急缓，那人从回廊这头走到那头。而高远为猖獗的蚊子所扰，不停地活动着身体，就算这样，还是被叮了许多包。

那人越说越动情，几次因为声音哽咽而不得不停下来调整一下情绪。高远虽然看不到他的表情，但得承认，他的表达非常有感染力。说到后来，那人完全进入了一种对自己内心毫不留情的审判状态，语气激烈，措辞严厉。高远真是听傻了，他认为这个走来走去的男人已经把他这个听众给忘了，对方需要的只是不停地说下去，说下去。再后来，高远实在忍受不了蚊子的叮咬，悄悄地走掉了。

第四章

事情搞大了。

也就在那次智力竞赛之后，差不多整个小区里的居民都知道在自己身边住着一位作家。有几次高远正在小区里走着，突然就被人拦住，询问他是否就是那个作家。还有带着孩子登门拜访的，希望高作家能拨冗指导一下孩子的作文。

大家眼光中普遍闪烁着尊敬、好奇，甚至崇拜，这是高远经验之外的，他的家人、同事从来没那样看过他。尤其是小孔，总是斜着眼，不屑，厌烦，要不就是瞪着她的小眼睛，用充满火药味的目光射灭他本就不多的热情。

高远所在的这个社区活动异常丰富。居委会主任是个才从大学毕业的小伙子，刚踏入社会，蓄积着满腔热情的他拼着命想把原来在学校的那一套搬到这儿来。

年轻的居委会主任把社区里的那帮老头老太太指挥得团团转，这还不够，隔三岔五地还搞上一次活动，而每次活动必定通知高远。高远觉得自己正被某种巨大的惯性推搡着，忽然就忙碌起来，有了受人尊敬的社会身份，尽管仅局限于社区，多了不少社会活动，当然还是局限于社区。

再有那个老张，就像一滴不起眼的水珠，悄无声息地就渗透进了高远的生活。如果这一天没在楼下见到老张，那么晚上后者铁定会上楼来拜访。老张似乎也发现了高作家并不如自己一开始以为的那么忙，这让他更有理由一而再，再而三地打扰高远。

每回来高远这里，老张总是先扯一阵国际时事，评论一番国家的政策，然后话锋一转，回到自己身上。对于高远至今没有动笔，他稍显不悦，也因此更加期待。反正他每次都会想方设法添加上一点新的作料，不过在高远听来还是些炒冷饭的内容。高远已经丧失了最初的热情。他冷淡的反应刺激到了老张，后者一咬牙，一跺脚，爆出了个惊天大料，一再被老张称作负心者的女人居然就是理想超市的老板娘。

按照老张的分析，这个女人开这家超市的资金全是从他那里搜刮去的。离开老张后，她结过一次婚，不过那是一次倒贴钱的婚姻。六年前，离婚后的她找到了老张。叙旧当然是免不了的，一度，老张乐观地看到了重续前缘的前景。不过完事后她说出了自己的想法，打算让老张帮忙找点事做。

她能做什么？没有学历，没有资金，没有技能，没有年龄优势。老张还在苦思冥想，她那边开口说，早想好了，我看开一家小超市比较合适。她主动提出把超市开在老张家附近。就这一个建议让老张把压箱底的老本都掏了出来。可结果呢？现在除了去她那儿聊上几句天，别说是上床了，就连拿包盐都一分不少地得付钱。

更让老张觉得窝囊的是，店开起来后，他才发现老板娘还有个相好的。那个男人和老板娘年龄相当，时不时地来店里晃一下，一副游手好闲的样子。另外，理想超市的名字也和那个男人有关，他的名字就叫李想。两人根本不避讳老张。从那个男人看他眼神中，老张觉得自己和老板娘的关系对方是知道的，甚至有可能从他身上套钱开超市的主意就是那个男人出的。

高远认为老张在说的过程中大概已经后悔了，所以在随后的几天里，针对自己的爆料，老张一边进行着补充说明，一边拐弯抹角地暗示高远，这是他这大半辈子最大的秘密，也是最耻辱的一件事，高远千万要保守秘密，尤其是老板娘那边，在书写出来之前，不能让她有所觉察。

一个老男人六十多年的人生进一步在高远的脑海里立体丰富起来，其中的戏剧性让高远觉得那确实像是一部小说。我要真是一个作家就好了，高远想。

现在好了，老张连底都给抖搂了出来，接下来就看高远的了。反正老张那边已经开始设想这本书的种种细节了，字数，封面，装帧。他老人家甚至拿了一本叫《××》的书来找高远，用一种深思熟虑后才得出结论的口吻对高远说，我想，我的书以后差不多就是这个样子。

高远翻到最后一页，天哪，整本书有三百七十一页，三十万字，定价五十五元。

往下的谈话就变得更加具体，因为具体显得更加虚幻和荒诞。有一天下午，午睡起来还处于不清醒状态的高远猛然意识到，坐在他对面的老张已经在畅想此书发表后的社会影响了，各种媒体就此展开了大讨论，读者们纷纷站出来谴责这个忘恩负义的女人，一时间，舆论的压力让这对狗男女恨不能挖个地洞钻进去。

妈的，事情真的搞大了。

也许可以这样，高远这两天在想，把老张的故事转述给哥哥，他要感兴趣的话把这写出来，不管写得长短，也算是对老张有个交代。

哥哥的电话老也打不通，不是关机，就是处于呼叫转移状态。好不容易回个电话，一听没什么事，二话不说就把电话挂了。

母亲那边倒是三天两头来电话，问问高远的情况，小孔的情况，主要是小孔的思想动态，两人有没有具体的实质性的交谈和想法。要不就是又托了一个什么伯伯，帮着高远找工作。母亲并无怨言，反过来还安慰高远，不要急，工作早晚都会有的，工作有了着落，老婆的事自然也会落到实处。似乎她和父亲早就料到会有这么一天，六十多岁的人了，还得替子女操找工作和找对象的心。

高远的两个同事嚷嚷着要合伙开家小饭馆，想拉他入伙。高远说，只要不让我出钱，时间和精力我有的是。那两个家伙立即变了口气，这样的人满大街都是，还找你干什么。

偶尔，高远也买份晚报，看看上面的招工信息。当然，他也知道那些条件高的，自己够不上，条件低的，自己看不上，门槛低却吹得天花乱坠的都是骗人的。对报上的用工信息，他并不抱希望，也就是看看而已。

连着几天，高远都没见到对门那个男人，他家也没任何动静，晚上窗口一直黑着，结合着那晚他怪异的行为，高远有种不祥的预感，对门出事了。

情急之下，高远跑到居委会把自己的担心说了出来。但得到的回答却令他大为吃惊，这个男人是个单身汉，没老婆，当然更没什么孩子，房子也不是他的，是租住的。另外，他的名字叫薛未。他们马上按照出租屋登记表上的电话给他打了过去，电话一下就通了，薛未说他人在青岛，好好的，一切正常。

再次见到薛未是在一个多月后。

因为昨晚睡得比较早，上午七点刚过，高远就醒了。下了一晚上的雨，气温陡然降了有七八摄氏度。但这是一个假象，高远对自己说，就像小孔那头的态度，这几天忽然有了不小的改变，对他服帖起来，每天主动会给他打个电话，问问在做什么，吃了没有，吃的什么，末了，还冷不丁说上两句肉麻的话，让高远直起鸡皮疙瘩，同时感觉她的转变是有所预谋的。

在小区门口的点心铺吃过早点后，高远没有马上回家。气温还算适宜，他有了去菜场随便逛上一圈的闲心。就在菜场门口，他看见从里面出来的薛未。后者也看见他了，一脸的轻松、愉快。面孔还是那张面孔，可和高远记忆中的那个男人就是不一样。

“你好，哥们儿！”薛未的神情和语调都相当欢快，“好久不见了。”

“你回来了？”

“昨天刚回来的，家里连根菜毛也没有，来买点菜。”

“是吗？没想到会在这个时间碰见你。”

“我也觉得在白天见到你有些不适应，好像我们就是应该在晚上才会见面的那种人。”说着他笑了起来。高远并不觉得这有什么可笑的，可他居然笑个不停。

“去外地给病人做手术了？”

“手术？哦，没有，没有，我不是医生，我怎么会是医生呢。”这一次他笑得更厉害了，并且还指着高远，“你真有意思，真的把我当成医生了。”

“那么你的老婆孩子呢？”

高远阴沉的脸色让他一点一点止住了笑，是这样的，哥们儿，这里面有误会，不是你想的那样的，我不是存心要骗你的，没那个意思。

高远打断道，你的老婆孩子呢？

“我没有老婆，也没孩子，”他伸过一只手来搂着高远的肩膀，把高远往墙根那边带了带，“你听我解释，这里面没有任何不良动机，这一点我可以和你保证。我是一个编剧，就是写电视剧的，前一阵在写一个本子，三十集，搞了三个月，不停地改，改，改，人都快疯掉了，可是投资方还是不满意，好不容易投资方满意了，导演那头又这个那个的，又让我改，改。说实话，那一阵，我整个人都有点神经了，满脑子都是那个剧里的场景和对话。”

“那你为什么要对着我来演这些？”

“没什么特别的原因，真的没什么特别的原因，我也是看你闲着没事，所以就……”

“你凭什么说我闲着没事？”

“怎么，难道不是吗？”

“那好，我告诉你，我很忙，非常忙。”

薛未还想说什么，高远已经离开了，他走得是那样的急，就像逃跑似的。

“走这么急啊，大作家。”

经过理想超市，高远连头也没抬，他的心情糟糕极了。可是老板娘扯着嗓子冲着他大声喊道，大作家，我说大作家。高远不得不停了下来。

“叫我吗？”

“还能是叫谁呢，”老板娘用那种嗔怪的眼神瞟了高远一眼。见他没反应，她走了过来。到跟前，她用一种完全没必要的夸张的语调惊叹道：“哎哟，你好像白了嘛。”

老板娘一惊一乍的腔调立即引来了几个路人的眼光。高远的心情更坏了，又不能发作，板着个脸站在那儿。老板娘抻长脖子冲着店里喊，小金，小金。

小金出现在店门口，脸红红的，轻声问，叫我吗？

“你看，他是不是比前一段白了？”

“好像——是吧。”小金的目光仓促地从高远脸上扫过。她还是那副样子，胆怯、无措，还有她的眼神，躲闪、慌张，令高远怦然心动。

“怎么样，我说得没错吧，”老板娘邀功似的看着高远，并且还用肩膀蹭了一下他的胳臂，“小金也觉得你白了。”

高远觉得别扭，往一边让了让。小金也看到了那个小动作，脸更红了，把脸偏向一边。

“最近一直在搞创作吧？看你的脸色就知道，老也不出来。在写什么呢？透露一下。”

高远定睛打量老板娘，年龄不会超过四十五岁，身材略微有些发福，不过身段还在，头发做得有型有样的，定型水应该没少喷。干瘦的老张要是站在她旁边，怎么看都不像那么回事。高远想好了，她假如和自己提要书的事，那他就和她谈谈老张。

“怎么，我脸上有花？”她笑得很有风情，露出一口白牙。

老板娘突然一拍自己的后脑勺，对了，小金，书，去把那本书拿过来嘛。转而又对高远解释，小金买了一本你的书，给签个名吧。老不见你来，再见不到，真的要上门去找你了。说着不容高远反对，把他推进了超市。

书拿来了，小金同时递了一支笔给高远。书名叫《那儿》，作者高瞻。那是哥哥前几年出的一本书，高远曾经翻过两页，没读进去。

“写什么?” 高远的手心在出汗，脑子里一片空白。

“写什么都行。”

“我看还是算了吧。”

“随便写，随便写，写段话，再签个名，就像你平时给别人签的那样就行。”

以前高远在单位，每次交接班时也要在交班记录上签名的，可现在人家让签的是“高瞻”这个名字。那个“瞻”字笔画繁多，高远没有把握能写对，他对着封面看了又看。

“怎么，有问题吗?”

“哦，像是盗版的。”

“我是在新华书店买的。”

高远盯着那个“瞻”字，在心里默记着它的笔画结构。

湿漉漉地从卫生间出来，高远直接进自己的卧室把电脑打开。哥哥结婚前和高远合住一个小房间，不足十平方米，东西两头各放一张小床，床中间刚够搁下一张书桌。因为哥哥的书读得比高远好，所以前者用起那张书桌来显得理直气壮。经常是这样，高远一觉醒来，哥哥还趴在书桌那儿，有时候嘴里念念有词。可以说，灯光下的那个背影已经深入高远的记忆。

高远扭过脸去看身后衣橱镜里自己的后背，修长，单薄，两侧的肩胛骨由于双手撑着桌沿而向外突出，往下，在尾骨处有一颗黄豆大的黑痣。印象中，哥哥在同样的部位也有这么一颗痣。

如果是高瞻，那么接下来会怎样呢？高远打开一个新文档，想想，又去把窗帘拉严实了。对了，还有一个不容忽视的细节，哥哥夏天写东西时习惯把鞋脱了直接踩在地板上。

光脚在显示屏前站了片刻，高远总觉得还有哪儿不太对劲，四下看看，对了，烟，得有烟雾。他去父母房间翻找了半天，最后翻出一盒檀香来，是母亲给祖宗过节时用的。

现在有那么一点意思了，昏暗，烟雾弥漫。高远的手搭在键盘上，面对空无一字的文档，他感受到了某种新鲜而且饱满的情绪，隐约还夹杂着一丝神圣。一切准备就绪，但是，写点什么呢？

恍 惚

第一章

1

等电话铃响了五下之后，周密才拿起话筒。宋强在电话那头说，怎么这么长时间？你在干什么？左铃呢？周密一屁股坐在电话机旁边的椅子上，问，你还没死吗？你他妈到底在哪儿？可是宋强却说，左铃呢？她在哪儿？让她来接电话。周密的声音一下子提了起来，妈的，她在哪儿管我什么事，她算是我什么人？说完就挂了电话。

烟刚叼在嘴上，还没点上，电话铃声又响了。周密将电话接头拔了，转身去了阳台。楼后面是一条小河和一窄条空地。周密没事的时候喜欢在阳台上站上一会儿，顺便抽支烟。那几分地被大致均匀地分成若干份，是这附近几位手疾眼快的住户的自留地。地里时常有人拿着一把小锄头一只小洒水壶一本正经地在那儿锄地或浇水，俨然一副辛勤耕作的样子。看着看着，周密总有种想笑出声来的冲动，但结果往往是越看表情越严肃。别人都在踏踏实实地生活，哪怕是那些儿女成群看起来人生已快走到尽头没什么指望的老头老太太，也伸出他们枯枝般的手指在空中一捞一捞，好歹捞到了几分地。

大约半个小时后，左铃开门走了进来，手里拎了一马甲袋水果。看见周密，她吃了一惊。

“怎么你在家？我刚才打电话回来你为什么不接？”

“你打电话回来了？我不知道，没听见。哦，对了，我把电话拔了。”

“为什么？”左铃脱了外套，把马甲袋拎进厨房，洗了一只苹果。甩着苹果上的水滴从厨房出来时，她的脸上已有了明显的不悦，“为什么？你为什么总是把电话拔掉？万一有重要的电话打进来呢。”

“能有什么重要电话呢？”周密尽量克制着正在往上冒的火气。昨天他们已经争执过一次了，就为了争执到最后都记不起原因的鸡毛蒜皮的小事。看着左铃已隆成半圆的腹部，周密劝自己不妨再去阳台上站一会儿，待大家都心平气和了再说。可是左铃却不依不饶地跟到了阳台上。

“你为什么不说话？你总该有个理由吧。”

“没有理由。”

“那，那你是吃饱了撑的。”

左铃急得一跺脚，转身离开了阳台。到底是学过舞蹈的，周密想，尽管大着肚子，可转起身来还那么优美、轻盈。据说，当初宋强就是被这位只身一人去上海发展的西安女孩优美的身姿所倾倒，继而断然决然地离开了谈了四年的女朋友，迷迷糊糊地走到了她的身边，并迅速地让她怀了孕。就在两人打算简单地举行一下结婚仪式的当天，宋强从虹桥机场给周密打来电话，说有急事必须马上去一趟深圳，拜托周密向此刻已化好妆单等新郎来接的左铃解释一下，并替他照顾几天这位已有五个多月身孕、身边举目无亲的新娘，用不了几天，他就会回来的。不管怎么说，我们是多年的朋友，宋强在电话那头气喘吁吁地说，这个忙你一定要帮，其他事回来再解释。

说这话的时候还是初秋，一转眼，已是初冬了。左铃的预产期是一月九号，可是上个月做围产期常规检查时，医生从B超上得出结论，左铃的预产期算错了，最少多算了一个月。因为看子宫内胎儿的发育状况和胎盘的成熟程度，左铃随时都有生产的可能。坐在B超室外的周密看着左铃拿着B超检查报告走出来时一脸困惑，就开了句玩笑，是不是B超做出来是双胞胎？左铃根本不理会周密的玩笑，顾自走了。

那天在回家的路上，左铃一言不发，似乎正陷入一个深深的谜团里。直到走到楼下，她才下了很大决心似的说，医生说让做好生产的准备，随时都有可能临产，可是怎么会呢？当晚，她的肚子就疼了起来。周密接到她的传呼时，正在“天使阳台”酒吧边喝酒边饶有兴趣地看一对显然是刚认识的男女调情。因为是刚认识，所以两人都可以不着边际地说些不负责任但足够煽情的话。放下电话，周密立刻打车赶了过去，并让司机稍等一会儿。他上楼一看，左铃手里正捧着一本《孕产妇保健300问》。她说接到你的电话，听到你的声音，我忽然就觉得不怎么疼了，可能还是太紧张了。周密第一次这么近这么仔细地看这位印象中总是骄傲地挺着并不丰满的小胸脯的女孩，她鼻尖周围那几颗雀斑这会儿在日光灯下竟然闪着一种楚楚动人的光亮，而她的眼睛却是那么无助、迷茫和软弱。

搬来住下后，周密才发现自己过于冲动了。这位外表纤弱的女孩其实并不如他想象的那么柔弱和需要帮助，她的内心有着一份奇怪的来路蹊跷的信念，以至于几个月前那场被搁浅至今也没有下落的婚姻也没能从根本上动摇她对未来生活的信心。她相信宋强是爱他的，他一定是碰到了很大的难处才耽搁至今的。她不但坚持要把孩子生下来，还坚信肯定是个男孩。

2

晚饭之前，周密照例陪左铃去散散步，顺便帮她消化掉那一大堆以孩子健康的名义吞食下去的零食。自宋强出走后，左铃的胃口变得令人吃惊地好。以前为保持身材而忌的口一下子全部解除了。高热量的食物，尤其是奶油蛋糕、巧克力，吃起来简直不要命。与此同时，她的体重也在以一种惊人的速度增长。以前那个瘦弱苗条的左铃不见了。周密甚至在她曾经青筋毕露的手背上发现了几个像酒窝一样的肉坑。周密善意的提醒在左铃心情好的时候会转化成一次征程漫长的散步，从城西到城东，最后在吃过一顿比较丰盛的晚餐之后，回各自的房间休息。在左铃情绪不稳定的时候，周密一般会主动避开她，去酒吧喝上几杯，然后给她打个电话，告诉她今晚有事不能去她那儿了，有事就呼他。左铃在苏州没有自己的朋友（周密的一些朋友认为主要是因为她还没来得及认识别的男人就怀孕了），她远在西安的父母本来就对女儿去外面闯荡极不放心，所以左铃暂时不想让家人知道她结婚了，当然更不能提怀孕的事了。

周密近日一直在寻觅一位能在左铃产褥期间照顾她的女性。他周围对他还有点兴趣的女孩显然不适合担当此任，而他那早就巴望着能抱上孙子的母亲倒是既有时间也有此方面的经验，可怎么跟她老人家解释此中其实简单却不容易解释清楚的关系呢？他这位做了大半辈子老实人的母亲，面对这个越来越不老实的世界已变成了一个彻底的怀疑主义者，儿子的谎话总是比实话更能让老太太相信。但是如何编造一套更像是实话的谎话呢？

走出工人新村，就上了工人路。这条路上有很多便民小店，其中最多的是香烟店。每一次周密经过烟店都会停下来看看店外广告牌上香烟的最新价格，从贵的看到便宜的。周密基本上是中间价位的消费者。他的一位已经分手的女朋友曾经饱含深情地劝过他，抽好一点的，少抽一点，这样对健康有益，并随即变戏法一样从她的大手袋里拿出两条用当天晚报包着的三五烟。但周密说，如果抽好的，我只会抽得更多。第二天，他就用这两条三五换了四条他抽起来更心安理得的黄红梅。

“天天红”烟店里的老板和周密也算是不知各自底细的熟人了。他笑盈盈地从柜台后面的椅子上站起来，招呼道，来啦？然后转身从后面的货架上拿了一包黄红梅，递给周密。周密口袋里正揣着一包刚启封的黄红梅，犹豫了一下，他还是接了过来。

“你老婆看起来快生了嘛。”老板用下巴指了指门口无聊地嚼着口香糖的左铃，“看样子像个男孩。家里有老人带吗？要是你们小年轻的自己带可够呛。把孩子带大可不容易呀。真的，等生下来你们就能体会了。我家两个儿子两个女儿的孩子几乎都是我老婆带大的，带大一个，另一个就生下来了，像接龙一样，一眨眼，最大的孙女都十二岁了，真快呀！我本来对老太婆说，等把小儿子以后的孩子带大，她就可以歇歇了，你不知道，我这个老太婆呀，自己生了四个孩子不说，又帮他们带大了三个孩子，说起来也不容易呀。可是她却没有等到小儿子结婚，现在小儿子有了孩子只能自己带了，他们忙得脚都要抬起来了。哎，对了，你们有老人带吗？”老板对着已经转身走到店外的周密大声问道，“喂，小伙子，你还没有告诉我，你们有老人带吗？”

只一小会儿，天色就暗了下来，那个短暂的让人感伤的深秋的黄昏好像只露了一下面就羞涩地掩住了面孔，漫长而冰凉的夜晚开始了。左铃一手撑着后腰，仰脸在认真地看着什么。周密走到她身边，看什么呢？走吧。不，等一会儿。左铃仍然保持着原状，就像一个鼻子出血的人那样，并抬起右手腕，看了眼表，还有二十五秒钟，小时候我经常这样掐着时间等路灯亮，特别是在我倒霉的时候，只要能在我假定的时间内等到，我的运气就会慢慢好起来的。

可是路灯并未在左铃所说的时间内亮起来。周密又扬着脖子陪她等了一会儿。天更黑了。周密打定主意不先低下头也不劝左铃离开。傍晚向夜晚过渡的天空上，几颗稀疏清朗的星星正怯怯地发出那种时暗时明像电压不稳时才有的不太明确的光亮。灰暗的天空这会儿看起来很重很重，而且有一种正往头顶压下来的感觉。左铃突然低下了头，不打招呼地顾自走了。几乎同时，路灯亮了。

左铃那件长过膝盖的白色棉风衣的背部醒目地印着“PUMA”这几个字母，带荧光的黄色极为醒目。周密还记得前年冬天和宋强在PUMA专卖店里买这件衣服的情景。当时他们只是想进去随便看看，但售货员小姐热情洋溢的介绍和甜美的微笑让宋强鬼使神差地掏钱买下了这件对他来说并不实用的棉风衣。接下来的两个冬天，周密都没见宋强穿过。不过现在总算派上用场了。

3

“你为什么到现在才告诉我？”左铃梗着脖子尖声问道，眼眶里不知是由于激动还是愤怒竟含着泪。

“现在告诉你也不迟呀。”周密很想抽支烟，他从烟盒里抽出一支，放在鼻子下，使劲嗅了嗅。

“你为什么不马上告诉我？你为什么不马上告诉我？”左铃用手指指着周密，一副快要哭出来的样子。

“马上告诉你又怎么样，和上次一样，他除了问你的情况，其他一概不说。鬼知道他现在在哪个角落。也许电话就是从楼下的电话亭打来的。”

左铃的眼泪一下子就滚了出来。她瞪大眼睛看着周密，突然一转身，冲进卧室，嘴里喊道：你——瞎——说，并用力摔上了门。里面随即传来了“嘤嘤”的哭泣声。

周密走到厨房，站在抽油烟机下，打开所有的开关，点了一支烟。在巨大的轰响声中，他像一个饿极了的人似的狼吞虎咽吸完了一支，然后又点了一支。这一支他吸得很慢，就像纯粹是为了味觉而进食的人那样细细地品味着。不知为什么，他忽然想到了宋强对烟的态度。应该说每天两包烟的宋强的经济承受能力和他一样，也就是黄红梅这一类中档烟。但和他不一样的是，宋强隔三岔五地会让自己抽上几包万宝路或三五。对女人也是如此。宋强原先的女朋友就相当于一包大众但经常消费也完全能承受得起的红梅烟，可他却不甘心一辈子就抽定了这种普通烟，东瞧瞧西看看，左铃这包味道很冲的万宝路一下子就吸引了他。周密想，也许宋强在欣喜地抽了一阵后，意识到这种烟本不该是他消费的，所以他临阵脱逃了。

关了灯躺在客厅沙发上看了会儿电视，周密觉得眼皮发沉，身体发冷，同时肚子饿得厉害。卧室里一点动静也没有，看来左铃是不打算出来做这顿两人一般安排在晚上八点钟的晚餐了。周密也懒得爬起来去壁橱里拿他的被子枕头，他用遥控器关了电视机，然后尽量地把身体缩成一团，想就此睡去。

就在这时，卧室的门轻轻地打开了，左铃蹑手蹑脚地走到沙发旁。周密能感觉到她弯下身子，在看自己。他闻到了她身上那种好闻的奶油香味。周密的心脏一阵猛跳，仿佛被某种东西很钝但很重地敲击了一下。

左铃在沙发旁站了一会儿，大概是在判断他是否真的睡着了，接着又蹑手蹑脚地去了卫生间。从卫生间出来，她又一次站到了沙发旁。周密实在装不下去了。他的头在臂弯里动了几下，然后伸了个懒腰，这才像突然发现左铃似的叫道，你干什么？吓了我一跳。

左铃把灯打开。周密看了眼墙上的钟，八点四十了。他随手拿起茶几上的遥控器，打开了电视机。可是左铃却走过去，用身体挡住屏幕，委屈地说道，我饿了。

4

在左铃的坚持下，周密只负责把饭桌抹了一遍，就坐回沙发继续看电视。连着换了好几个频道，都没什么好看的，周密干脆来到厨房，倚在门框上，问，真的不需要我做什么了吗？不需要，不需要，你站在这儿看我，我会紧张的，会切着手的。周密有些恍惚，他忽然想到，明年这会儿站在这儿的就不会是我了，可会是宋强那小子吗?

没过多久，左铃就动作麻利地做好了两碗热气腾腾的菠菜肉丝炒面和两样小菜，并帮周密开了瓶啤酒。来苏州还不到一年，她已经能做一手地道的苏州家常菜了。朋友们都觉得不公平，像宋强那么平常的家伙凭什么娶到了这么一位貌美手巧的女孩，而宋强在沾沾自喜了一阵后也变得越来越惶恐。的确，在他那一帮自以为多才多艺多滋多味的朋友当中，他也就是一杯无色无味的白开水。

“刚才我的脾气不好。”左铃接过周密递来的筷子时突然说。

“没什么，我不介意。”

“书上说，孕妇在妊娠早期和晚期情绪起伏比较大，所以请你原谅，我并不是有意乱发脾气的。”

“真的没什么，我习惯了。”

“这么说，你还是介意的，只不过是习惯了。”

“是呀，习惯了就不介意了。”

“但是你还是介意的，最起码曾经介意过，现在的习惯是被迫的。”

“可我现在真的不介意。不骗你。有时候我的脾气也不好，你看，我没有怀孕，可情绪也不是太稳定，所以你就更有理由情绪不稳了。再说你现在这个样子，需要加倍地照顾和关心，而我做得并不好，因此其实我还要请你原谅我。你能原谅我吗？”

左铃盯着周密看了会儿，无奈地叹了口气：“反正我是说不过你，你这张嘴啊，我说不过你。”

“那就不要说了。吃吧，面要凉了。”

吃了几口，左铃又抬起头来，问，你真的不介意吗？

5

躺在沙发上看了几页书，周密感觉到有一丝睡意正从头顶以一种缓慢但真切的速度向全身扩散。他关了台灯，闭上眼，蛮有把握地打算就此睡去。

不知是楼上还是楼下传来了歌声，是在唱卡拉OK，一首《心太软》被一个男声唱得更像是一首进行曲，高亢、嘹亮，还加入了唱者颇具创意的变声。接下来是男女声对唱的《血染的风采》，不管怎么说，那个男的还像那么回事，而女声则真让人受不了。周密认为她只不过是用一种忽高忽低的颤音随着节奏在发抖。周密把被子蒙在头上，这下好多了。然而只过了一会儿，他就觉得憋气得厉害，不得不把头伸出来。

接下来这首男声独唱的《十五的月亮》，周密还真听出了点味道。那个男人的嗓音不错，唱对了歌曲的时候，其实是可以一听的。周密想，刚才那个女声该不会是他的老婆吧，生活中往往就是这样的，总会在局部出现不和谐。大美女和大俊男一般难以成为夫妻。漂亮女人很可能就投入了丑男人的怀抱，就像左铃和宋强。人们说，有了漂亮面孔的女人一般就不大在乎对方的容貌，而把眼光放在了其他条件上。但宋强到底有什么值得左铃爱的呢？

有那么一会儿，周密认为楼下那对男女已决定就此收场了，他将肩头的被子掖好，翻了个身，试图再次入眠。然而当那碎玻璃一样尖锐刺耳的女声再次响起的时候，周密不得不沮丧地认识到，自己对这个该死的夜晚那点最普通的意愿已变得越来越难以实现了。他近乎绝望地掀开被子，坐了起来。

十二月份的夜晚已相当冷了。周密只穿了一身睡衣摸黑去卫生间小便，只一小会儿的工夫，就冻得浑身发抖了。他真奇怪楼上或楼下的那对男女哪来的这么大的热情，居然一首接一首地把那么多首有些本来还算好听的歌都唱得这么难听。这和将每首歌都唱得动听一样不容易。

现在好了，连男女声对唱都取消了，完全成了女声独唱会，而周密原先的愤怒已转化成了越来越强烈的好奇，他倒要听听，这个女人究竟能这么不知疲倦不顾公德地唱多久。

卧室的门被轻轻地打开了。左铃站在门口，好像犹豫了一下，才走到沙发跟前。

“我知道你还没睡着，我刚才听见你去卫生间了。”左铃轻声地试探性地说。

周密扭亮台灯。黑暗里突然扩散开来的光亮刺得两人都眯缝起了眼睛。周密看见左铃只在粉红色的棉睡衣外披了件毛衣，双臂环抱着。

“你这样会感冒的。”周密提醒她。

“我睡不着。楼下那家人真讨厌，这么晚了还唱个不停，也没有人去提醒提醒他们。”

“是呀，太讨厌了。可是你不能就这样站着，快回床上去吧，现在感冒了可不是闹着玩的。”

“我睡不着。”

“那怎么办？要不我下楼去把那个男的揍一顿，解解你的气？对了，那个男的长得壮吗？”

“要不，我们还是聊聊天吧，反正你也睡不着。”

“那好，你回床上去，把门打开，我们聊聊吧。”

“这样多别扭哇。”

“你的意思是我也躺到床上去？哦，对不起，开个玩笑。”

“要不还是睡觉吧。”

左铃转身回了卧室，并轻轻地关上了门。周密很为刚才的玩笑后悔，因为他清楚地看见左铃的脸都红了。

第二章

1

尽管左铃的预产期是一月九号，可是上个星期二医生从胎儿的发育，特别是胎盘的成熟度来判断，左铃随时都有生产的可能。据左铃描述，产科主任是个戴眼镜，说普通话，手背有老人斑，约莫六十多岁的老医生，看起来很有经验的样子，因而应该信任她。这位老医生甚至劝左铃不妨在医院住下，左铃是自费医疗，没有同意。然而，左铃就此提前进入了产前倒计时，由本来的每月一查变成每周一查。

这是周密第三次陪左铃来妇幼保健医院检查。他以前从未在一处地方碰见过这么多的大肚子。挂号，付款，上二楼做常规检查，上三楼做B超，下二楼验尿样和血样，上楼下楼，左拐右拐，总能碰见几个挺着大肚子在慢慢走动的孕妇，他觉得大概全苏州的孕妇今天都聚集在这儿了。再看看身边的左铃，肚子不小可行动却透着让他不安的轻盈，左铃患得患失、担心猜疑的情绪已经传染病一般传染给了他，周密真的怕她有一天生下的是个莫名其妙的东西。

坐在产科门外椅子上的周密很想下楼去，到医院大门口抽支烟。左铃已经进去了大半个小时，还没出来，加上排队挂号的十来分钟，烟鬼周密已经有近三刻钟没有抽烟了。左铃这么久都不出来，周密觉得肯定是有了问题。他烦躁地站起身来，将左铃脱下的棉风衣放在椅子上，走到一扇打开着的窗口。

外面冷冽清爽的空气让周密忍不住深吸了一口。门诊楼后面是住院部，两幢楼之间有一小块草坪和一条彩色方砖铺成的小径。一个孕妇在一位老太太搀扶下正非常艰难地挪动着。她似乎已经很累了，走几步就要停下来歇一歇。从上面看下去，她的肚子大得有些夸张。周密猛然想到，左铃以后也要住进那幢楼的，到那时他是否就得像下面那位老太太那样扶着左铃走呢?

走廊尽头顶上悬吊着一台电视机正不停地播放着有关母乳喂养的录像。周密已经看过好几遍了，他甚至想，如果他也有那么一对能分泌乳汁的乳房，肯定能像电视里那位胖胖的妈妈一样喂得宝宝心满意足的。那套程序那些姿势他已经完全掌握了。

呼吸了几口外面的清新的空气后，周密觉得舒服了一些，但也因此更想抽上一支肯定令他更舒服的香烟了。回到座位上，周密发现斜对面的椅子上坐了个嘴唇上毛茸茸的小伙子，正专心致志地盯着屏幕上那一对饱满的乳房。多看了几眼后，周密觉得他其实也就是一个正在发育的少年。

左铃终于从产科走了出来，她手里拿着几张付款的单子不停地扇着，热死了，里面空调开得太足了，人又多，真不该星期一来。哎，你等烦了吧？

趁左铃去交钱的空隙，周密到医院大门口点了支烟。马路上车来人往，一幅忙忙碌碌的景象。周密觉得这儿才是正常的世界，里面那些女人的样子实在太夸张了。

才吸了两口，就有一个右臂上套着红袖章的老头朝周密走过来，用一种很不满的眼神看着周密。周密准备着他过来提醒自己不要乱扔烟头。他想，不管怎么说，总比那些躲在角落里，单等着你扔下烟头他就突然冲过来的老家伙来得可爱。然而老头子什么也没说，只是那么看了看，然后摇了摇头，走开了。可周密却因此不满起来，你凭什么不言不语地那么看着我，还摇头。我只不过站在大街上抽了支烟，比起那些满街乱串滥放废气的机动车，我这几口烟又算得了什么呢？

2

有了前两次检查的经验，从节省时间的角度出发，周密建议付完款后，先由他拿着B超检查单去三楼排队，左铃则去二楼采尿样和血样，后两样的化验报告是在一处取的，可以由周密等，而左铃马上上三楼等着做B超，最后两人在妇产科门口会合。

不知为什么，医院的气味总是让周密感到特别压抑，也就特别想抽烟。周密不知道其他男人会有什么样的感受，反正看到那么多大肚子的女人不断地从他面前经过，他越发地感到空间很小很气闷。化验窗口喊了好几遍左铃的名字，周密才反应过来这是个和自己有关系的名字。

拿着尿样化验报告，对着上面各项化验出来的数据看了半天，周密也没看出个所以然来。旁边一把椅子上一个又黄又瘦的孕妇和她又黑又瘦但同样都神采奕奕的丈夫正兴致勃勃地在研究他们的化验单子，看到周密一副摸不着头脑的样子，丈夫首先凑过来，伸出一支黄黄的食指很在行地指着那些数据，这是比重，你这1.025

是正常的，这是酸碱度，你也正常，你这个蛋白质嘛，他扭过脸去询问他的妻子，后者干脆从周密手里拿过报告，从上到下看了一遍，然后更为在行地就像医生那样下结论道：基本正常，不过最好少吃点盐。幸亏这时候血液检查的报告也出来了，周密拿着报告直接上了三楼。

因为三楼在装修，B超室临时搬到了四楼。除了B超室，四楼好像也没有其他门诊了，大家仿佛有默契似的都安静地坐在椅子上等着轮到自己。左铃坐在走廊尽头离其他人很远的一把椅子上，神情呆滞地看着地面。周密走到她跟前竟然把她吓了一跳。两天前，左铃忽然认为她肚中的孩子不动了，所以她比预约的时间提前了一天来做检查。周密已不想重复那些安慰的话了，他知道他说一百句也不如医生的一句话来得顶用。

楼梯口一对看起来像夫妻但两人鬼鬼祟祟的样子说明分明不是夫妻的男女朝B超室走来。男的在老远朝在座的各位貌似无意地扫视了一遍，然后才大大方方地把手搭在女的腰上。将检查单子交给门口的护士后，这两人在周密旁边的椅子上坐了下来。还没喘上一口气，男的就从屁股兜里掏出手机旁若无人地打起了电话。好像是在谈一笔摩托车的生意，他反复质问着，不是说好的吗？不是说好的吗？怎么又变了呢？他越说越激动，不断地站起，坐下，又站起，怎么能变呢？最后他憋足了劲骂了一句粗话，就关了机。他显然被气坏了，也不理女的询问，想了想，又摁了一串号码，可没人接。他又摁了一遍，仍然没人接。他一遍遍地摁重复键，可就是不通。走廊里几乎所有的人都在看这个已经气得脸发青只会摁重复键的家伙。可电话就是不通。周密已经看不下去了，他站起身，也没和左铃打招呼，就从另一侧的楼梯下了楼。

3

从产科出来，抑制不住的笑意就从左铃的脸上荡漾开来。周密禁不住一阵恍惚。他提议不如在外面吃顿饭，庆贺一下胎儿正常。左铃还没从刚才的检查中回过神来，她又一次重复着那位看起来很有经验的老医生的结论：预产期不对，随时都有可能生产。于是周密不得不再一次安慰她，只要孩子健康，早生晚生都无所谓。而饭总归是要吃的，如果你不想在外面吃，我们就回家吃好了。这下左铃又犹豫了，回家还得做，而经过这一上午的检查，她已累得不想动了，并且时间也不早了。

两人往医院门口一站，立即有人过来问，要车吗？去哪儿？周密说我们不要车。但那人并未就此离开，他继续问道，那你们去哪儿呢？周密有些不高兴了，这跟你有什么关系，反正我们去哪儿也不要车。那人不理解地盯着周密看了一会儿，然后像赶苍蝇似的一扬手，同时嘴里发了个很不屑的声音：嘁。周密忽然想起一件事，他让左铃稍等一等，转身快步进了医院，上到二楼。那个少年还在老位子上坐着，仰着头，脸上还是一副兴致勃勃的表情。周密走到他跟前，拍了拍他的肩膀，问了一句他早就想问的话：好看吗？

4

从医院回来，左铃又像上几次那样，把所有检查的报告单都一张一张铺在床上，互相对比上面的各项数据。周密不知道她到底在研究什么，但能看出她已从中体会到了研究的乐趣。左铃一共有四本有关怀孕、生产和养育孩子的书，它们分别是《年轻父母必读》《孕产妇保健300问》《胎教与优生200问》和《家庭医学大全》。它们分别会躺在卫生间、客厅和左铃的床上。左铃没事的时候就会拿起其中的一本翻上几页。除了散步、做饭和看电视，她基本没其他事可干，因此周密经常会看到这样一幅动人的景象：一个大肚子的女人手捧一本书在念念有词。有一次在卫生间大便的时候，周密随手拿起了洗衣机上一本《胎教与优生200问》。有关性知识方面的书，年少的时候他偷偷地看过一些，成年后因需又看过一些，而有关怀孕生子的知识因为暂时用不上，他从未涉及过。现在一看，真有眼界大开的感觉。很多以前他想都没想过的问题，比如分娩要经过三个产程，家人因为分娩做哪些准备，得承认，这真是一本实用的书。

叫周密烦恼的还是去哪儿找一个既有生孩子经验又愿意在左铃月子里照顾她的可靠的女人。尽管他没有在口头上答应宋强，他还是打算等左铃生完孩子再离开。他给两位还算要好、关键是都有一位退休在家的母亲的朋友打电话，询问能否请他们的母亲帮帮忙。得到的回答是，你这是吃饱了撑的，自找麻烦，对了，宋强那狗日的还没回来吗？周密同意他那两位朋友对他的看法，自己确实是吃饱了没事找事。他甚至想，如果自己当初不管不问，说不定宋强也就回来了。另外，他更同意他们给宋强下的定义，那家伙确实是狗日的。

翻看通信录的时候，周密无意间看到了一个名字：唐萍，随即有灵感闪电似的在他头顶一闪。没容自己思考，他就拿起话筒，摁了唐萍家的电话号码。那边一个女声用一种温柔得让周密陌生的嗓音拖着长音道："喂——"

"喂，你好！"

电话那头的人好像愣了一下，然后换了一种正常多了也让周密感到熟悉的声音问道："请问，哪一位？"

"反正不是你正在等的那一位。怎么，连我的声音也听不出来了吗？"

"哦，是你呀，真没想到。"

"没想到吧？没想到是因为根本没有想。怎么样，近来很忙吧？"

"我有什么好忙的，你还不了解我？"

"是呀，正因为了解你，我才知道你是不会让自己闲着的。”

“你少拿我开心。你现在人在哪儿?”

“在一个朋友家。”

“那过来坐坐嘛，很久没有见面了。”

“方便吗?”

“有什么方便不方便的，我这儿还是老样子。”

“还没找到你想要的？你女儿好吗?”

“她现在由我母亲带着，我忙不过来。”

“你看我没说错，你很忙吧。是不是还像以前那样经常晚上要加班?”

“废话少说，快过来吧。”

5

墙上一只感应灯已经亮了。从半开半合的卧室门外传来一阵阵红烧肉的香味。周密饥肠辘辘地拥着散发着阳光香味的被子，用力嗅着这两种味道混合在一起后让人更加饥肠辘辘的味道，一动也不想动。记忆中，他已经很久没有像刚才那么激情勃发了，全力以赴后的疲惫竟然让他一下子睡了过去。没有记错的话，上一次性生活还是在夏天，而眼下已是冬季了。二十岁的时候，周密近乎恐怖地认识到自己是个性欲极其旺盛一天也离不开女人的男人。二十五岁的时候，他认为自己已基本正常了，只要隔三岔五能来上那么一回，也就行了。大概一年前，他发现自己身边没有女人时反倒特别自在。

“你醒了？”唐萍神采飞扬地站在卧室门口，“起来吃饭吧，我做了你喜欢吃的红烧肉。”

“几点了？”

“快六点了。你睡了一个半小时了，睡得真死。不过，你今天真厉害。”

唐萍走到床头，把床头灯打开，又走过去把窗帘拉开一半，然后在床沿坐下，含笑看着周密，“累坏了吧？否则不会连烟也不抽一支就睡着的。现在缓过劲来了没有？”

躺着抽了一支烟后，周密才觉得真正醒了过来。烟雾腾腾的灯光下，唐萍那张三十三岁的脸仿佛年轻了许多，有一种朦胧的不太确定的美。她一直笑吟吟地看着周密。周密只轻轻拉了她一下，她就倒下了。

这一次显然没有上一次来得成功，但也差强人意地说得过去，至少唐萍因此看起来更加神采飞扬了。在饭桌上，她不停地往周密碗里夹菜，并且满足地看着周密。但周密却因此没了胃口，只胡乱吃了一碗，就坚决不肯再添了。

唐萍这儿周密以前只来过一次，因为离婚，她成了邻居们特别关心的对象，每一位她带回家的适龄男子，都会被大家作为她的下一任丈夫评头论足一番。周密讨厌这种感觉。更主要的是他知道自己和唐萍不会落到婚姻那种实实在在的关系上去。因而每一次都是唐萍去他那儿。应该说，他俩的关系平和而实在，正是周密喜欢的那一类，但肯定不是唐萍最终能接受的，所以注定不会长久。所以他们分开了。一个秋季过去了，唐萍有收获吗？

晚饭后，唐萍为周密泡了一杯浓浓的绿茶。她的那一杯只象征性地漂着几片茶叶。但看起来，她的那一杯更有茶的意味。电视里正在播放一首由观众点播的童安格的老MTV《忘不了》，熟悉的音乐和煽情的歌词画面出来后，居然让周密有些恍惚和动情。再一看，唐萍好像也有点不对劲，眼睛红红的。不过周密知道，两人的伤感绝对不是一回事。

犹豫再三，周密还是觉得不好开口。自己和左铃的关系本就荒唐，而请自己的老情人去照顾产后的左铃就更荒唐了。也许这种事在电话中会好开口一些，需要的话，他还可以编些让唐萍舒服的谎话，和唐萍面对面时，表达起来就特别困难。

打定主意后，周密觉得轻松了一些。他把身体往貌似认真其实注意力根本不在电视上的唐萍那边挪了挪，并空出一只手搂住了她丰腴柔软的腰。后者顺势将头靠在了他的肩上，用一种喝醉了般的声音问道："你今晚还回去吗？"

第三章

1

十月份以来，周密就没写过一个与谋生有关的文字。主要是没心情。他觉得自己的处境很怪，甚至有点让自己迷惑不解。究竟是如何走到这一步的？可当他在夜深人静独自面对自己的时候，他发现对眼下自己不尴不尬、进退两难的处境，自己并没有他本以为该有的怨言。怎么会这样又怎么能这样呢？对此，周密不想做更深的探究，他知道有些缘由即使想明白了自己也不能接受。

进入十二月份后，他就更没心情和时间了。每个星期，他都要陪左铃去医院做一次检查，每一次医生都认为为保险起见，孕妇该在医院住下。看她的情况，早就该生了。可她就是不生，就是不生，你有什么办法？周密已经跟唐萍打过招呼，随时都有可能请她请出假来照顾他这位朋友的妻子。对于他住在左铃这儿的事，他当然不会说。他倒是重重地渲染了他和宋强其实并不存在的伟大的友谊。

为了顺利地生产，除了傍晚，周密和左铃又在上午增加了一次散步。吃过午饭后的这一觉对周密来说是极为重要的，即使睡醒了，他也会继续赖在沙发上，直到傍晚来临。散完步，吃过晚饭，他还得去打一份工，那就是去唐萍那儿，满足她一把。这一次重逢，周密觉得唐萍的胃口更好了，常常他已经累得气喘吁吁了，她这边还意犹未尽。不过，周密总是尽量使她满足。不管怎样，他想，在以后照顾左铃的日子里，唐萍也将付出令人尊敬的劳动。而这当然是冲着他周密的面子，冲着周密这会儿辛勤的劳动。说实话，他更愿意唐萍是冲着后者，这样他们似乎就两清了，他的心理也就平衡了。

连日的阴雨，周密的两双皮鞋都进了水。昨天一早从唐萍家出来后，他绕回家找出一双旧的运动鞋，巧的是，也是PUMA牌。傍晚他和左铃撑着一把伞（只有一把伞）散步的时候，忍不住开了一句玩笑，你看你穿PUMA风衣，我穿PUMA运动鞋，这可是情侣的搭配，不过你现在大着肚子，人家肯定以为我俩是夫妻。左铃马上就不高兴了，独自走到了雨里头。

在左铃家不远的三香路新开了一家旧货调剂市场，规模不小，从旧电器、旧家具到仓库积压的新的日用小商品，还有十来个卖古董的铺位。自这个市场开业以来，周密他们每天都要来这儿逛一通，反正要散步，而他们也没什么地方好去。在双休日以外的白天一般来逛的人不多，而左铃的肚子又那么醒目，已经有越来越多的店主和他们成了见面点头的熟人。在一家古董铺里，左铃看上了一把刀柄上镶钻石的小刀。据有着一脸皱纹见人就笑的守店的老太太介绍，他们这儿卖的东西全是从海外淘来的，虽然旧，但都非常别致，有的还很值钱。这把小刀的开价把左铃吓了一跳，完全打消了讨价还价买下它的念头。可每次去，她都会要求去那儿看一看，每次都会像第一次看到那么惊喜。只要那位笑眯眯的老太太在，左铃就会请求她把小刀从柜台里拿出来，让她摸一摸。白金制成的刀柄上镶着两颗一克拉以上的钻石和十几颗碎钻，左铃发现在刀背和外面的皮套上各有一个大写的英文字母“Z”，正好和她姓的第一个拼音字母不谋而合。她追着问老太太这把刀的来历，老太太只知道这是他儿子在广州从一大堆香港走私货中挑出来的，其他就不知道了，不知道的她不好乱说。

昨天晚上，左铃终于接到了宋强的电话。也不知这王八蛋究竟对她说了些什么，今天早晨周密从外面回来，发现她没有像往常那样躺在床上睡觉，而是面色酡红地坐在客厅的沙发上看电视。她对鞋已经脱了一半的周密说，你不要脱了，我们去外面吃早点吧。顺便走一走，早晨的空气好。周密一下子有点反应不过来。去唐萍那儿过夜，他总有种是在为唐萍预付照顾左铃的辛苦费的感觉，并且这样的感觉越来越强烈。他真希望左铃早点生，好让他结束这种乐趣越来越少快乐越来越短暂的加班。每天早晨从唐萍床上爬起来，他都认为今晚自己不会再去了。他无论如何也没有想到，有一天他的时间会被两个和他关系莫名其妙的女人瓜分掉。这样的日子还要持续多久？刚才一路上他都在想这个问题，街上一个赤膊练晨跑的中年人从后面超过了他，超过去后还回过头来充满疑惑地看了他一眼，一个年富力强的小伙子居然在一个旭日初升、充满希望的早晨把车骑得这么慢这么歪歪扭扭这么没有生气。说心里话，连周密自己也感到纳闷，和那位肱二头肌依然发达的中年人比起来，他想他是一个没有希望的人。

左铃的胃口很好，她吃掉了自己的那一份后，又帮周密消灭掉了他实在咽不下去的两只汤团。散步散到一半，左铃忽然面朝一堵墙捂着腹部不走了，她说她的胃不舒服，很不舒服，说着大串大串的泪竟扑簌簌地滚了下来。

2

冬至夜的前一天，周密接到母亲的传呼，要他往家回个电话。他已经很长时间没回父母家了。周密走到挂历前，看了一眼节气。母亲要他回去，只会是吃饭，而过节是最大的理由。这几年他刚迈入六十岁的父亲和才五十多一点的母亲商量好了似的头发同时都白了，可又不是全白，而是三分之二白发，三发之一黑发，看着让周密心酸。他认为这三发之二的白发是因为他这个不思进取的儿子才变白的。而那仅剩的三发之一黑发是因为他们总算还有一个争气听话的小儿子。周密的弟弟研究生毕业后，回苏州在大学里当了一名讲师，并遂父母心愿地结了婚，生了孩子。他们的父母也因此止住了黑发继续变白的势头，乐滋滋地带起了小孙女。

母亲在电话里大声地问，你最近还在写吗？周密只能说，在写，在写。母亲的耳朵有些背，所以她怕别人和她一样听不清。父母身体上的这些变化总是让周密心里非常难过。每次看到自己日益衰老的父母，他都暗暗地下决心，一定要做出点名堂来。可一转身，他又做了些什么呢。眼下他又在做什么呢？母亲说，这几个月每个月都能在杂志上看到你的小说，我和你爸爸虽然看不太懂，但都很高兴，邻居们也都知道了，连居委会的刘主任也知道了。周密拿着话筒，机械地应着。他正在考虑找个什么理由不回家，也许在下个节日到来之前，他能切切实实做点什么，哪怕仅仅是开始做一件事也比眼下没命地奔波于两个女人之间来得踏实。他希望自己能带着一种踏实、有底气的心情去见父母，然后理直气壮地告诉他们自己近期和远期的打算。因为他知道，他已没什么希望的父母多么希望看到自己的孩子在过一种有希望的生活呀。可他马上又想到下一个节日是元旦，也就相隔一个多星期，也许那会儿左铃正在医院生产，那他就更不可能回家了。

母亲的心情很好，她已经说了很长时间，还没有要挂电话的意思。周密把话筒从右手换到左手。他很想抽支烟。他从烟盒里抽出一支，看了一眼正坐在沙发上看电视的左铃，把烟放在鼻子底下，使劲嗅着。

“你看我差点忘了，你爸爸让我问问你，你这一段为什么老不在家，打电话没人接，敲门也没有开，你是不是搬家了?”

“没有，没有，我现在住在一个朋友的家里，写点东西，他那儿安静。”周密说着扭过脸朝正在看他的左铃眨眨眼。

“在什么地方?”

“在工人新村。他这儿是工人新村最靠里的一幢房子，离马路、市场都有一段距离，特别安静。”

“哦，是这样。哎，你还没说定是中午还是晚上回家呢，你要没事就早点回家嘛。”

“还是下午吧，反正我去早了也帮不上忙。”

“哦，你就不能回家跟妈说说话。”

母亲在那头撒娇般地质问让周密忍不住笑了。

“我们不是正说着吗。”

“这能一样吗?我现在连你的表情也看不见，这能一样吗?”

3

唐萍从她妹妹那儿拿来了一些她外甥穿过的小衣服，从周密向她提出照顾的请求至今已有一个多月了，她开始怀疑这只是周密再一次进入她生活的一个借口，一个她非常愿意接受的借口。周密不知道怎么跟她解释才好。昨天去医院检查，医生提醒左铃胎盘已经三级减了，有老化的迹象。可左铃却没有要生的迹象。连医生也弄不懂了。他们散步的时间越来越长，常常周密已经两腿发软了，而左铃还是一副急行军的架势。她一改以前回到家不是躺着就是靠着的习惯，甚至连看电视时也站着，她认为这有利于孩子早日入盆。在家里，左铃不停地近乎疯狂地翻着她那四本书，试图找出该生却生不下来的原因。周密在一旁实在看不下去了，安慰她，急什么，预产期不是还没到吗，瓜熟才能蒂落，这是自然规律。左铃猛然从书本中抬起头，很较劲地说，可是医生说胎盘已经三级减了，要老化了。周密说，是呀，医生不是一个月前就说该生了，不是到现在也没生吗？左铃苦着脸说，所以人家才急嘛。

　　尽管旧货市场里有些什么东西，周密他们再清楚不过了，可每天老时间他们还是会去那儿逛一圈。有时候也会买些小玩意儿和小家电，八成新的外观和相当于原价三分之一的价格让人觉得还是物有所值。左铃已经不好意思再去看那把小刀了。守店的老太太不在时，她会去那个铺位匆忙地看上一眼。她担心小刀会被人买走。她愈来愈相信这把小刀和自己有着某种隐秘的关系。

午睡起来后，周密往父母家打了个电话，说他这边来了个外地的朋友，不能回家吃这顿迎新年的晚饭了。母亲说，那就带你的朋友一起来嘛，你那儿能有什么好吃的。周密说，妈，人家大老远来我这儿可不是为了吃好吃的东西的。再说还有其他一些朋友，都去你那儿，你招待得过来吗？母亲一听倒认起真来，你说，一共有多少人，我怎么就招待不过来呢？你妈还不老，利索着呢。周密连忙说，你当然招待得过来，你老人家手脚利索是远近有名的，你当然招待得过来，问题是凭什么让他们去吃你一顿呢？对了，琳琳好吗？

母亲是她们家的老大，她下面六个弟妹中的四个都是她一手带大的。在带小孩上，她积累了丰富的经验。生下周密哥俩并把他们拉扯大后，她就声明再也不想带孩子了。言下之意就是，不会再给周密他们带下一代了。因为她对此已经厌烦透了。退休之前，她决定提前给自己设计了一种新生活，可到这时候，她才发现自己的爱好是那么少，除了做家务和看电视，她几乎没有其他打发时间的方法。退休没几天，她就觉得浑身不舒服，习惯了像陀螺般转了大半辈子的她突然停下来，一下子觉得什么都不对劲了，天空怎么那么低，周围人的脸怎么那么黄，一天的时间怎么那么长。反正整个世界都和以前不一样了。周密建议母亲早晨去公园遛遛，呼吸呼吸新鲜空气，谁知她一听就不高兴了，说，难道我已经无聊到这种地步了吗？幸亏这时候她的小儿子适时地结了婚并马不停蹄地替她生了个孙女。母亲想也没想就欢天喜地地接了过来。除了喂奶，她把其他活都揽了过来，一早去弟弟家把孩子抱过来，中午抱到儿媳的单位，喂一次奶，再抱回来，小家伙果然长得又白又胖。母亲打算等她断奶后就完全由她带，小夫妻俩该干什么干什么去吧，反正这个孙女，她是带定了。

说起琳琳，母亲的话就多了，从饮食起居到大便的颜色形状次数。忽然她又想起了吃饭这一茬，问周密："那你准备给你的朋友吃什么呢？"周密说："妈，一个琳琳就够你操心的了，你就不要再操我这儿的心了。"母亲一听又不高兴了，叫道："我能不操心吗？你从小到大，我和你爸爸操了多少心哪，你知道吗？你应该知道，你最让我们放心不下了。”周密打断道：“可是我现在已经长大了，至少在吃饭这个事上，你不用再为我操心了，我能让自己饿着吗？”

“那你到底准备给你的朋友吃什么？”

“都是些大人，不会在乎吃什么，主要还是大家在一起坐坐，聊聊天。”

“那怎么行，总得吃饭吧，今天可是元旦，过节了，你这样会让人背后说闲话的，最后还不是落到我们做父母的头上，说没有家教，待人接物不周到。”

“没人会那样说，妈，你怎么会那样想，好吧，我请他们去外面吃一顿，这样总周到热情了吧。”

“不要去太贵饭店，不实惠，再有，别点海鲜，那种东西不卫生。”

4

放下电话，周密长长地舒了口气，他想，真还不如回家吃饭。可一想到他那活得春风得意、擅长高谈阔论的弟弟，他就觉得更难对付，并且他已经答应和左铃一起吃饭。当然，吃过饭他还得骑半个小时的车赶到唐萍那儿。和周密重归于好后，唐萍就断了和其他若干个周密虽然没有见过面但能感觉到曾经存在过的男人的来往，周密近期对她有求必应的态度让她乐观地看到了某种她一度展望过后来被周密否定掉的未来生活的前景。这一次周密不想打破她的幻想，或者说暂时还不能。想到自己卑鄙的目的，周密就觉得不安，同时也越发地迷茫，自己这么做究竟是为了什么。

今天天气不错，雨停了，没有风，中午还短暂地出了会儿太阳，此刻室外的温度大概在十摄氏度。可左铃还是坚持穿上了那件PUMA牌棉风衣，她说我就敞开着好了，这样一点也不热，要有风我就把拉链拉上。周密只在毛衣外套了一件夹克。他估计室外的温度有可能比室内还高一点。

路上人很多，小孩子尤其多。左铃只注意那些抱在怀里的小小孩。看到可爱的，她就扯周密的袖子，让他看，嘴里问着，是不是很好玩？然后仿佛自言自语，要能生个这样的就好了。周密不以为然，你的目标就这么低，你的孩子肯定比他漂亮，这是毫无疑问的。左铃说，不瞒你说，我现在是越来越没自信，只希望能快点生，孩子能健康，其他根本不敢想。

经过旧货市场门口，看着里面挤来挤去的人群，周密说，我们不去凑这个热闹吧。左铃略一犹豫同意了。她说，她也不喜欢人太多的场合，不过她还是想进去看一眼那把小刀，她担心它已经被人买走了。她的个子只到周密上嘴唇那儿，她仰起头向周密保证，看一眼就走，就看一眼。好吧。

因为是直奔主题，两人走在悠闲的边走边看的人流中显得有些别扭。周密一再提醒左铃当心，别给人碰着。左铃说，我有一种预感，小刀已经被人买走了，也许正在讨价还价。

经过一家专营二手收录机的铺位后，周密又回过头去，他的心脏一阵猛烈地跳动。他刚才好像看到了一个眼熟的背影，不过他暂时还不能肯定。又走过几个铺位之后，周密让左铃先去那家古董铺，他刚才看见了一位朋友，过去说几句话就来找她。

确实就是宋强，身边还站着他从前的女朋友，人高马大的刘小骊，两人正趴在柜台上看里面的奇形怪状的卡通收录机。周密在宋强背上很重地拍了一下。后者生气地回过头来，一看是周密，吃惊地瞪着眼睛，真没想到是你。是呀，想到了你就不会来这儿了。周密走到店门口，朝外面张望了一番，在确定左铃已走远后，他把宋强拉到了隔壁铺位。

“你他妈的到底在搞什么鬼？”周密忍不住叫了起来。

“说来话长，”宋强哭丧着个脸，“里面太复杂了，一句两句也说不清楚。左铃呢？”

“她也来了，你想见见她？顺便介绍她和刘小骊认识一下。”

“你别急，听我说，这件事实在有些复杂，不是一句两句能说清的，今晚你有空吗？”

“我不急，我有什么好急的，我又不生孩子。”

“听我解释完你再下结论，你今晚有空吗？”

“我今晚没空。你他妈到底在搞什么鬼，就不能简单地说一下。”

“相信我，这事的确不是三言两语能讲明白的，也不是你想象的那样。”

“那好吧，今晚七点半，在‘天使阳台’。”

5

周密是“天使阳台”酒吧的常客。这儿现在的老板是两个上了点年纪的“小伙子”，年龄已快迈入中年了，可打扮依然极其前卫，并且扬言一辈子不结婚。他们曾经是前任老板的朋友。三个人的关系有些暧昧，外面说什么的都有。有些人就是冲着看稀奇光顾此地的。两位老板一个梳了条细细的马尾巴，一个剃了个光头，都很醒目也都很有个性，走在一起更是有种意味深长的感觉。周密好几次都想对这两个头说上点什么，又觉得说什么都比不上这两个相互映衬的头本身来得深刻。前任老板在赌桌上被输急了的对手砍死以后，他们立即从老板娘手上把店盘了过来，接着将店里的服务小姐全部打发走，换成了清一色的小伙子，从此生意火爆。来看稀奇的人更多了，其中也不乏来体验稀奇的。

进来后，周密一眼就看见坐在吧台那儿抻长脖子向门口张望的宋强。看见周密后，宋强的手在空中扬了扬。周密只当没看见，径直去了洗手间。还算宽敞的洗手间里散发着一股消毒水的味道，刚冲洗过的地面汪着没有扫干净的水。对“天使阳台”来说，夜晚刚刚降临，一切尚还洁净。周密想，什么时候洗手间人进人出，一片繁忙，那就是说，“天使阳台”的高潮来了。

换了个靠角落的座位后，宋强递了支烟过来，并殷勤地为周密点上。

“左铃怎么样了？”宋强看着周密的脸色，小心翼翼地问道。

“你最好直截了当地说到底是怎么回事。我只有一个小时，一个小时总够说清楚了吧？”

“我说出来你会吃惊的。你得发誓保守秘密。”

“你什么也没说我已经够吃惊的了，行了，说吧，说吧。”

“如果我告诉你左铃肚子里的孩子不是我的，你会怎么想？”

“不是你的是谁的？不是你的你为什么要和她结婚？”

“是谁的她不肯说，但我不在乎，我是真心喜欢她，想和她一起生活，所以我想她既然不肯把孩子弄掉，我们就赶紧结婚，生下来后我会像对自己的孩子那样对他的。不管怎么说，那也是左铃的孩子。可是情况突然就发生了变化，在结婚的前几天，我突然接到刘小骊的电话，说她怀孕了，她怀的当然是我的孩子，这是毫无疑问的。”

“等等，等等，你不是早就和她分手了吗？”

“分手是分手了，可我和她好了也有三年多了，总归是有感情的，再说从我内心来讲，我觉得自己是对不起她的。她往我单位打电话，说见最后一面，见面后大家都很动情。刘小骊一见我就哭了，我就安慰她。”

“算了，我不想听了，你就说现在打算怎么办吧。”

“我现在是身不由己。”宋强的十指叉在头发里，愁眉苦脸地垂着脑袋，“我实在想不出更好的办法。刘小骊的妊娠反应特别厉害，吃什么吐什么，他们家的人，特别是她妈，一个劲地催我们结婚。因为已经流过两次产了，医生警告说这一次要做掉，就有可能再也怀不上了。再说她们家人也不会同意的。”

“那左铃呢？这个包袱你扔下后就不管了？”

“不是不管，你看，现在小骊她们一家就够我对付的了，怎么说，小骊肚子里的孩子也是我的呀。”

“你的意思是左铃那儿你就袖手不管了？她现在这种状态，你让她怎么办？孩子说生就会生的，她无依无靠的一个人在苏州，你叫她怎么办？”周密陡然提高了声音，“妈的，那你当初为什么要揽下这副烂摊子呢？”

宋强不安地朝四周看了看，然后低下头不停地转动着手中的啤酒杯。酒吧里的客人渐渐多了起来，一个打扮时髦、据说非常有钱的中年妇女走进酒吧后，悄无声息地在酒吧最暗的一个角落坐下，然后点了一支烟，夹在手上，也不抽，眼光在酒吧里来回扫着。周密曾见过她几次，似乎每一次她都坐在那个位置。一个显然和她很熟的服务小伙子发现她后，急忙走了过去。

时间已经不早了。周密尽量心平气和地说，喝完这杯我就得走了，我晚上还有事，你赶紧把办法想出来。反正我不想再搅和在这种莫名其妙的关系中了。你快想，快想。说完他又把头偏过去一点。那个昏暗的角落好像又暗了一些，不过，周密还是看见了一只戴着一只发光的戒指的手在那个小伙子双腿间游移。

“我实在是没有办法，刘小骊这边还得哄着。帮帮忙，老兄，和左铃的事要让小骊她妈知道了，那我真只有一死了之了。”

“我没法帮你，你另找人吧。”

“哎哟，算我求你了，在朋友里，我和你最好，其他人这会儿，我猜正在看我的笑话呢。我也不想为难你，为难自己最好的朋友还能算是朋友吗？我眼下真的是没有办法才求你的，帮帮忙，帮帮忙。”

“去你的，谁和你是朋友，我说过了，我没法帮你。”

第四章

1

在左铃的住处，凭着女性的直觉，唐萍还是发现了周密在这儿住过的痕迹。实在没有办法，周密最后只好以他根本不相信也讨厌极了的发誓来保证他和左铃没有关系，和那个叫洋洋的小东西更没有关系。唐萍在医院里连续陪了左铃五个晚上，第六天上午办完出院手续后，她就拉着周密跳上了一辆出租车，直奔离医院相对要近一些的周密的家，要求周密给她这台连续工作、已饥渴至极的机床加点油。加完油，打了个满足的饱嗝，她又拖着眼睛发直两腿发软的周密奔回医院，把左铃和她七斤七两的儿子接回家。

唐萍只请了一个星期的假，就这一个星期，也是凭着和她们经理多年的老关系才请下的。出院后，唐萍住在左铃家照顾了后者两天，然后就只有等她下班后才能去那儿，主要给左铃做点特殊的饭菜和洗洗涮涮什么。自从唐萍出现，左铃完全收敛了以前在周密面前使的那些小性子，对周密的态度变得非常谨慎和客气。由此，周密也觉得很别扭。他一般总是等唐萍下班后才和她一起去左铃那儿。有一天，唐萍突然小声地问正抱着小婴儿在看电视的周密，我们要这样照顾到什么时候？周密愣了一下，随即说，坐完月子吧。

左铃住进医院以前，给了周密一张建行的活期存折。原来有两万元，存款的日期是一九九七年五月二十二日，但已陆续从上面取走了六千，还剩一万四。左铃只交代了到医院的一切费用从存折上支取。她送进待产室后，宋强拿了两千元现金赶到医院，请周密转交，被周密回绝了。周密说，我已经做得够多的了，你总不会指望我来接替你当孩子的父亲吧。她现在暂时不缺钱，等她生完了，你自己交给她吧。左铃生完孩子的第二天，宋强在周密的陪同下，鼓足勇气走到病房门口，只隔着门上的探视玻璃往里看了一眼，突然身子往下一蹲，死也不肯推门进去。两人走到楼下，在楼后面的锅炉房边站着抽了一支烟。宋强说他这会儿实在没有脸见左铃，因为他仍然没有找到一个两全其美的方法，眼看着刘小骊的腹部一天一天鼓起来，这边左铃马上又要出院，他急得一把一把地掉头发。他低下头让周密看他的头顶，你看，你看，这儿的头皮都露出来了，是吧？周密一听，火就冒了上来，你能不能给我一个确切的时间，什么时候能把那见鬼的办法想出来？再给我一点时间，宋强两拳合抱，给周密作了个揖，不用多长时间的，相信我，相信我。周密扔掉了手中吸到一半的香烟，头也不抬地走了。

2

旧历新年终于来了。午睡起来后，周密先骑车来到在左铃家对面的华润超市，买了几种速冻食品和左铃爱吃的趣多多饼干以及两大包尿不湿。唐萍回老家过年了，所以这一段孩子只能完全用尿不湿了。然后去社区服务站的洗衣房取送去洗涤的左铃的衣物。街上新年的气氛并不强烈，只有偶尔传来的零星的鞭炮声才让人有那么一点触动，哦，要过年了。

打开门进去，屋里很安静，周密轻轻地走到敞开着的卧室门口，左铃和孩子都在睡觉，孩子的头就枕在她的臂弯里，两人的头挨在一起。左铃好像刚哭过，脸上还有泪痕。周密在客厅的沙发上坐下，有一个蒙生已久但多次被自己否定的想法又一次像瓢似的从理性的河面冒了出来，他起身来到阳台，点了支烟。

半个小时后，周密骑车来到了旧货市场。他刚从柜员机里把他卡上的钱都取了出来，加上身上的现金，应该没问题的。市场内顾客居然出奇的多。周密直接来到那家古董铺，那位皱纹很多的老太太的儿子，也就是老板，是个精明的生意人，他面带微笑地为周密算了一笔账，他去广州进货的路费、住宿费、交际费，加在一起可是一笔不小的开支，当然还得加上小刀本身的进价和为刀上的钻石做鉴定所付的鉴定费。周密转动着手中的刀，说，你把费用都打在这把刀上，这么说，你跑一趟广州就进这一件货？老板讪讪地笑着，说，看你说的，问题是刀本身进价贵，它上面的白金和钻石都是硬通货，先生，我看你也是识货的人，你要诚心买，价格可以商量着来嘛。大家都是苏州人，我也不好意思斩你的，是不是？

因为时间还早，而且口袋里还剩有一千多块钱，周密打算在市场里随便转转，他也有一段时间没来这儿了。对于进口电器，尤其是小家电，周密比较有兴趣。在一家专营进口二手小电视机的铺位，那位白白胖胖、左脸颊有一块海南省版图形状青记的老板一下子就认出了他。周密曾和左铃在他这儿买过一只CASIO牌的掌上小电视机。胖老板是个喜欢说话的人，上一次成交买卖的同时，周密也大致了解了胖老板是如何走上经营旧家电生意的过程。当然是对方主动告知的。老板对周密一个人来逛表现出了莫名的好奇。

“咦，你怎么一个人来了？那个大肚子的女的呢？”

“她生了，在家里。”

“哦，生了，是男孩还是女孩？”

“男孩。”

“多重？”

“七斤七两。”

“哟，不错，不错，真不错，这个，”胖老板搓着双手，一副很为难的样子，接着他好像下了很大决心似的说道，“不知我该不该问，如果我看错了，你就只当我没说。”

“什么，你想说什么？”

“那个女的，就是那个大肚子的女的，哦，当然她现在生了，生了个男孩，真不错。可是，可是不知为什么，我觉得，我说过如果我看错了你只当我没说，好吗？”

“你到底想说什么？”

“我想说的是，我觉得你们不大像两口子。”老板说得很困难，说完后他看着周密的脸。

“为什么？你怎么看出来的？”这次轮到周密好奇了，几乎所有看见他和大肚子的左铃在一起的人都认为他们是夫妻。

“你先回答我看得准不准?”

周密点了点头，他怀疑这位老板是他某位朋友的熟人。

“是吧，我没看错吧，我的眼睛很凶吧，我就知道我没看错。”老板一下子来了劲，兴奋地搓着双手，“好几次看见你们从我店门口走过去，我都想拉住你问问，但这种事怎么好随便问呢，弄不好要吃耳光的。”

“可你到底凭什么判断出来的呢?”

“凭什么？凭我的感觉呀。我的感觉不要太好哟!”

“可你总要有依据吧。”

“有，有，当然有。你们上次在我这儿买电视机，那个女的看机子的时候，你不看机子，却盯着她的脸看。那种眼神，一看就不是夫妻。还有，后来那女的发现你在看她，脸一下子全红了，夫妻间哪会这样看来看去的呀。怎么样，想起来了没有？想起来了没有?”

“那我告诉你吧，刚才跟你开玩笑，我们是夫妻，下一次来带结婚证给你看。今天是大年夜，我就不请你吃耳光了。再见。”

3

年夜饭吃到一半，周密离开饭桌给左铃打了个电话。过了很长时间左铃才来接电话。她说，她正在给孩子洗屁股，孩子拉肚子了，弄得一塌糊涂。周密问要不要去医院看看。左铃说，也不是很严重，再说现在已经十点多了，明天看情况吧。周密问她晚上吃了没有。左铃说，吃了一袋饺子，三鲜馅的，很好吃。说着说着电话那头传来了抽泣声。周密说，我马上就过来，你等着。左铃说，不要了，刚才宋强来电话，说他一会儿就过来。周密黯然道，是吗？这个王八蛋。过了一会儿，左铃用一种已经正常了的声音说，那把小刀，我不能收，太贵重了，谢谢你，但我不能收。沉默片刻，周密忽然很冲动地说，反正我也不喜欢那把刀，你要不肯收下，就把它从楼上扔下去吧。说完就挂了电话。

4

“天使阳台”酒吧内简直挤得水泄不通，进门后，周密随手在门边的藤筐里拿了一只面具，是只怒气冲冲的四不像。酒吧内一改往日的蓝调风格，放起了摇滚音乐，很多人随着节奏像被电击中了般在抽搐扭动。周密扒开几个在他身边蹭来蹭去看不清是男是女的家伙，走到吧台前，要了一杯啤酒。刚才在家里，他已经喝了差不多有四两低度洋河大曲，后来他的父亲坚决地制止了他，他认为儿子再喝就要醉了。老头子让儿子喝几口浓茶，然后坐下来陪他看中央电视台的《春节联欢晚会》。这是周密他们家大年夜吃了十几年的一道大菜。尽管这几年父亲对这道菜的质量越来越不满，不过到时候他还是会津津有味地吃个饱。

不知什么时候，周密旁边坐了一位穿着夸张醒目、戴了一只狐狸面具的女郎。看见周密在看自己，狐狸朝周密举了举酒杯，然后掀起面具的下端，露出鲜艳的红唇，小心翼翼地喝了一口。虽然周密的脑子转得很慢，可他仍然感觉到身边这只狐狸精在打他的主意。

酒吧内空调开得很足，人又多，周密只穿了一件毛衣还是觉得浑身燥热，他干脆把毛衣也脱了，连同皮夹克一起垫在屁股底下。狐狸精一股一股地在向周密发射着狐臊味。周密很想集中起精神对她说上点什么，可胃里却开始翻腾起来。这时所有的灯光突然都暗了，音乐也停了下来，DJ 在一个不知什么角落用一种兴奋的声音提议，新年即将来临，让我们大家一起读秒。几乎所有的人都站了起来，跟着DJ 喊：九、八、七……

周密也站了起来，一手扶着吧台，他没有跟着一起数，他的头很晕，对于突然被置身于黑暗中，他有一股莫名的怒气，并且身边这只狐狸精那种尖锐突出的声音也让他觉得不可忍受。没经过思考，周密一把就拉过那只狐狸精，手摸索着抓住了她突出的胸脯，令周密意外的是，她居然没有反抗。

灯亮了以后，从周密怀里发出了一阵他熟悉的笑声，起先还算有节制的嬉笑迅速转变为抑制不住的狂笑。周密不解地看看自己怀里，看看周围那些正看着他的家伙。狐狸精摘掉面具和头套后，变成了酒吧的光头老板。酒吧里立即爆发出连片的口哨声和叫好声。周密似乎更加不解了。他用力闭了闭自己发涩的眼睛，然后重新打量眼前这只狐狸精。确实不存在了。

周密终于明白了这只是朋友间的一个玩笑，但他认为自己今天没有足够的幽默感去接受它。他深吸了一口气，接着抡起拳头朝光头就是一拳。

5

年初一一大早，周密的电话铃就响了。他刚躺下没多久，只觉得头痛欲裂。他用被子蒙住头，希望自己能尽快睡着，睡着了一切就好了。可这时呼机又响了起来，是左铃，要他速回电话。周密一下子从床上坐了起来，摇摇晃晃走到电话旁。左铃说了没几句就哭开了，她说她快急死了，洋洋从昨天后半夜起不断地大便，拉完就哭，然后吃，吃完又拉，她都快急死了。

赶到左铃那儿，周密才知道宋强昨晚最终没有去，只在一点左右打了个电话，说他实在走不开。也顾不上说更多的，赶紧送孩子去医院。一上出租车，周密就把他这一侧的车窗摇了下来。在去左铃家的路上，因为没有准备，他吐了人家一车，为此他多付了十五块钱的洗车费。可是这会儿司机又不高兴了，他说，老兄麻烦你把玻璃摇上去，你这样暖气都跑掉了。周密说，我胃里不舒服，有可能要吐。司机随手从兜里掏出一只塑料袋递给他，吐这里吧。

总是这样，只要病人还有一口气，什么病到了医生嘴里都变得轻描淡写的。那位脸很长很白、嘴角和麦当娜早年那颗著名的痣相同的位置上也长了一颗稍大一点但同样都很有味道的痣的值班医生首先批评了左铃不必要的惊慌，然后才让解开孩子的尿不湿，一泡带白点点、冒着袅袅热气的大便跃然纸上。跟我想的一样，是消化不良，医生一副了然于心的样子，这些白点点就是没有消化掉的奶块，你们应该适当地减少喂奶次数或奶量，给孩子喂点白开水，就会好转的。还有，我可以开点消化的药。说话的时候，她的那颗痣也跟着一动一动的，就像是一颗不小心粘在上面随时会掉下来的西瓜子。

回到左铃家，周密站在门口迟疑了一下，说，我还是不进去了。左铃说门都打开了，哦，我知道了，你是怕唐萍有什么想法吧。周密说，那倒不是，主要是我昨晚喝多了，胃里不舒服。要不我回去躺一躺，下午或者晚上再来吧。左铃不再说什么，抱着孩子站在打开的门口，也不进去。周密说，好吧，好吧，进去吧，反正我现在已经感觉好多了。

安顿好孩子以后，左铃为周密泡了一杯茶。水不开，茶叶都浮在水面上。左铃抱歉地说，还是昨天上午烧的水，凑合着焐焐手吧。然后她就坐在周密对面的一把椅子上，低头咬着嘴唇不再说话，好像在做着思想斗争。周密就像第一次见到她那样仔细地打量着她。和产前相比，左铃隆起的腹部是不见了，然而整个人却显得臃肿、灰暗和沮丧，全无初为人母的喜悦和骄傲。

“那把小刀，”左铃忽然说，头仍然低着，“我很为难，它实在太贵重了。尽管我非常喜欢，但我想我没有理由收这么贵重的礼物。”

“需要理由，那太简单了。你看，过年了，既然你觉得收我的礼物很不安心，那你也送我一件礼物吧。”

“你想要什么？”

“你能收下礼物我会很高兴的，在新年的第一天，请求你送我一份‘高兴’不算过分吧？同时，这对我来说是一件特殊的、比刀本身更为有价值的礼物。你肯送给我吗？”

“你要这样说，我就不知该说什么好了。”

“那就什么也不要说了。”

周密习惯性地掏出烟来，随即他就意识到这儿是无烟区。左铃说你抽吧，我去把卧室的门关上。周密说算了，这会儿他能感觉到自己的身体并不需要烟，而纯粹是一种精神上的需要，他的酒劲还没过去，不适合抽烟。

“不知为什么，这一段我一直有一种感觉，宋强再也不可能回来了，”左铃说，“而且这种感觉越来越强烈，但我们之间有些事是需要有个交代的，比如这儿的家具，电器，基本上都是他买的，房子也是他出面租的。还有，虽然我们没有举行仪式，可领了结婚证，在法律上就是夫妻了，这也是需要解决的。最让我担心的是孩子，他到现在还没报户口。这些都是需要有个了断的。这几天趁孩子睡觉，我断断续续地给他写了封信，想请你转交给他。”

“可是我也没有他现在的地址。”

“你总归有办法找到他的。”

“那就不知要等到什么时候了。”

左铃起身去卧室拿了只白色的信封出来，周密接过来一看，发现没有封口。

“无所谓的，你可以看。”左铃说。

“还是粘上比较好。”

“我这儿没有胶水，连饭粒也没有，你拿回去帮我粘吧。其实粘不粘都无所谓。”

“还是下次我带瓶胶水过来。反正一时半会儿也找不到他。”

“信里没什么你不可以看的。其实，”左铃换了一种很无奈的口吻说，“我知道宋强就在苏州，只不过他不方便见我罢了。我想他肯定有迫不得已的原因，他是个好人，说心里话，我一点也不怪他，他这么做，肯定是有他的理由的。”

“你别胡思乱想了。”

“不，是我亲眼看到的。有一次我们散步的时候，在学前街那儿，我很清楚地看见他提着一大包东西急急忙忙地从商店里出来。”

“什么时候？我怎么没看见？”

“你好像正转过身去背着风点烟，他很快地就骑上摩托车开走了，但我看得很清楚，绝对不会错的。对了，那天我们晚饭吃的是炒年糕，我一口气吃了两碗，还要吃，你很恐怖地看着我，认为我吃痴了，还记得吗?”

“好像是有这么一回事。”

“本来他要能来，我也就不麻烦你了，他看起来有难处。”

6

外面太阳很好，周密打算慢慢步行回家，路是远了点，不过可以顺便晒晒他发冷发僵的身体和脑子。路上来来往往喜气洋洋的人流让周密有些意外和不平。他想不通那些人怎么就能活得这么兴高采烈、很有滋有味的样子呢？凭什么呢？他停住了脚步，现在他改主意了，抬手拦了一辆出租车。

车内的收音机正在播放一个听众参与的音乐戏曲点播节目。一个叫什么军的小朋友结结巴巴地为他的爸爸、妈妈、奶奶、爷爷、外公、外婆、两个叔叔、一个婶婶、娘娘、姑父、四个舅舅、三个舅妈、四舅的女朋友、幼儿园的老师和小朋友点播范晓萱的《健康歌》，祝他们新年快乐。周密这才想起，今天是年初一。这么说来，大家的高兴是有原因的。司机是个四十多岁的中年人，这会儿他正随着欢快的节奏摇头晃脑地开着车。他大概很想和着唱上几句，可又不知道歌词，只有到了“1、2、3、4，2、2、3、4”，他才能跟着范晓萱用一种硬憋出来的尖尖的童音喊上几句，不过，就是这样，他已经很快乐了。

一踏进家门，顾不上换鞋子，周密就拿起电话呼了宋强一遍。等电话的间隙，他从口袋里拿出那只一折二的信封翻来覆去地看着。信封背面的右下角印着：

江苏木渎印刷厂印刷

印量　10万个

1997年11月出厂

江苏省邮电管理局监制

46—1658—7号大型信封

周密忽然想到，在刘小骊的强烈要求下，宋强的呼机已经关了，他现在用的是刘小骊的那只。宋强当时把号码抄在一张一圆面值的钞票上，但钱早被周密用掉了。

这时电话铃响了。在拿起话筒之前，周密先想了想会是谁。有很多人在他脑子里晃过，他希望是宋强打来的。

“喂，终于回来啦。”唐萍的语气里有着明显的不满。

“什么意思？”周密的反应还算快，他马上意识到唐萍在这之前肯定打过好几个电话。

“昨晚没人，今天一早也没人，去哪儿快活了？”

“老规矩，去我父母家吃饭，这你又不是不知道。”

“可你不会住那儿的，这我也知道。”

“哦，吃过饭去酒吧了，在那儿待到天亮。”

“那我早上九点多来电话怎么没人接？呼你也不回。”

“我正在睡觉，不想接，传呼倒是有几个，我都没有回。行了，你少操心我这儿吧，你打电话来有什么事吗？”

“没事就不能打电话了吗？”

厌烦的情绪越来越紧地拽住了周密的全身，他禁不住对着话筒叫了起来：“没事打什么电话，还不是想调查我的行踪。可是你凭什么，凭什么呀?”说完就挂了电话。

周密怔怔地坐在椅子上，很吃惊自己刚才的态度，他希望唐萍能再打一个电话来，把他骂个狗血喷头。等了好一会儿，也没有动静。他起身走到门口的鞋架旁，换了鞋，又脱了皮夹克，然后来到卧室，闭眼，一头倒在床上。

7

冷清的早晨，终于可以拿起笔了，身后的床上睡着我的孩子洋洋。今天立春，在春天的第一个早晨能和你说说话（虽然仅仅是在纸上)，我感到很高兴。久不写字，笔有点生涩，但能坐在桌前，在片刻的宁静里就像跟你面对面交谈那样给你写写信，我真的很高兴。

你一切都还好吗?我有很多话要对你说，我们之间还有一些事得做了断。其实，面对面交谈更为直接、方便和有效，但我想你不愿见我，肯定也是有你的理由的。

近阶段，尤其在生完孩子以后，我更多地要求自己站在你的立场上，多为你想想，我想，若不是逼不得已的原因，你是不会这么做的。

孩子醒了，暂此。

1月29日

是黄昏。孩子吃饱了奶，尿布也换过了，阿彦正在主持《东方风云榜》，孩子在音乐声中睡着了。

说实话，孩子的降临并未带给我多大的喜悦，并且对他的亲生父亲和我的家人（我还没告诉他们）来说，都是个不受欢迎的意外，而在我，更多的还是忐忑不安和对未来生活的无把握的焦虑。我太害怕孩子跟着我受苦了。就像发生在我身上的其他一些事一样，我并未因此尝到别的年轻母亲初为人母的喜悦，而在这之前的婚姻，我体会到的同样也是迷茫和忐忑不安。怎么会这样呢？

我想，很多事情我们是在没有选择余地的情况下做出的选择，或者干脆就叫接受吧。大部分时候，我们不愿意承认自己处于这么被动的境地，是因为不想让自己感觉太心酸了，多少给自己留一点面子。你以为自己就不欺骗自己、不和自己讲面子吗？有时自己的内心比别人更难对付，更得讲究方式方法和策略。就是这样的。

我们俩的婚姻关系，怎么说呢，我想你是在冲动下才揽下的。而我当时竟然没有为你多想想，就自私地同意了。事后再看，这显然对你而言，是不公平和不现实的。

孩子哭了，先到这里。

2月1日

时间变得有些零碎，心情也被一种叫“母爱”的情感笼罩着。这里面有不耐烦吗？我仔细检查过了，没有。

孩子让我心疼。极容易地就会胡思乱想，太害怕他有什么不测。虽然我有心理准备，从有孩子的那会儿起，就意味着自己要开始为孩子操心了，操一辈子心甘情愿、只要还有一口气就得一天一天操下去的心，可有时候我仍然觉得自己担负不起这副重担。像我这种活得一团糟、一点底气也没有的人本不配做孩子的母亲。我身上没什么可以叫人尊重的东西，至少目前是这样。除了缺点，我身上一无所有，或者说一无所长。

过去和曾经都是那么难以收拾，我就像穿了一双沾满烂泥的鞋上的路，步子注定不会轻松。

屋外阳光明媚，但我的心情多少有点黯淡。很难想象往下的日子会是怎么一副样子，真的不好也不敢去多想。总之，是我让自己落到眼下这步田地的，没什么可抱怨的。走到现在，很多行为的选择就变得身不由己了。我也知道，其实是我让自己什么也不是，什么也没有的。

只身一人去上海，当然是抱着干一番事业的目的而去的，谁知一开始就迷迷糊糊地上了一条不该上的船，陷入了不可自拔的境地。是你毫不犹豫地伸出手来把我拉上了岸，并把我带到了苏州。现在想想，我留给你的印象，是经过你的想象和我的刻意掩饰后的那个不真实的我。我不但不及你以为的那么完美，而且简直千疮百孔。只有我自己清楚我是怎么样一个人。我的身体和头脑里都落满了灰尘，那种脏兮兮的东西。我常常自问，怎样才能将自己清洗干净，用一盆水？两盆水？或者更多？但我听到身体内部一个声音在说，没用，那没用。

我已经没法拖着这个肮脏的躯体去面对别人，面对我往下的生活。

也许我从未真正进入过我的身体。我只是站在旁边冷眼观望，看风吹雨打，看时间慢慢侵蚀。眼下它的样子真让我难过和心酸。是什么把它变成现在这副模样的？除了时间，还有其他吗？

每种游戏要想把它玩好，玩快乐了，都得遵循它固有的规则，而我总是犯规，这也是造成今天局面最主要的原因。我甚至能清楚地记起自己以前那种用你们苏州话说“拼死吃河豚”的心情。尽管也怀着某种能逃脱犯规处罚的侥幸心理，可绝大多数时候，我还是用一种冷静、清醒的态度等待着惩罚的到来。

心情糟透了。身边连一个能说说话的人也没有。

拉上窗帘，铺天盖地的阳光、人群、车流和声音就都被我挡在外面了。这一刻，我敢面对那个心灰意冷、沮丧透顶的自己吗？或者说，再一次面对“死”这个问题吗？

我听见死神对我说：要么进来，要么出去，别在门口晃悠。

不说了，不说了。

2月2日

白天的寂静对于独个儿的我来说（孩子的听觉尚不健全，而感觉就更无从说起了），是辽阔广远的，冰箱的启动声、楼下偶有的吆喝声，以及心底时时泛起的某种脚步声都被放大了般的清晰。大部分时间，我抱着孩子，忐忑不安地看着他，却不知该对他说些什么。

这样的生活还将持续多久？谁将是改变这种状态的决定者？没人能告诉我。

好像一下子就走到了这一步，过上了现在这种——原以为很有希望而眼下却越过越没有着落没有边际的生活。没有这儿没有那儿都不要紧，最重要的是没有了过下去的信心和愿望。但我知道，我必须活着，而且要好好地活下去，因为我的孩子需要我，这比什么都重要。

孩子闹得厉害，只能停下来了。

2月3日

怀了孩子后，许多想法就从云端落到了地面，现实了。生下孩子后，就更现实了。不得不这样。因为孩子需要我，这个弱小的生命需要我。

昨晚几乎一夜没睡，想了一些即使不愿面对也必须面对的问题。首先是我们的婚姻关系，我想表明一下我的态度，那就是如你已有决定，我这儿没有反对意见。其次是，这儿绝大部分电器和家具都是你买的，你随时可以取走。再有就是这套房子的租期到去年年底已满，房东来问过我们是续租还是搬走，我和他商量后，他答应我可以再住一段时间，如不出意外的话，我打算等孩子满月或再稍大些后，带他回西安。

明天就是大年三十了，祝快乐！

左　铃

2月3日夜

第五章

1

清明节，天合时宜地阴沉着。周密刚才接到一个不常联系的朋友的电话，对方一本正经地问周密，可知道今天是什么日子。这是个自认为很有趣也很有学问的家伙，和大家坐在一起的时候，总忍不住要摆弄摆弄他肚子里那半瓶晃荡得厉害的才学。周密刚在键盘上敲了几个字，敲出了点情绪，被他这么一打断，很不高兴，于是不耐烦地说，什么节日？

“什么节日，四月五号清明节呀，你不会连这个节日也不知道吧。”

“清明节跟我有什么关系。”

“怎么会没有关系，你总有老祖宗吧，总有已过世的亲人吧，那就该在清明节去他们墓地为他们祭扫一下。有你这么不孝的子孙，你家祖宗是要在地下哭的。”

“你来电话就是要告诉我今天是清明节吗？”

“当然不会这么简单。你知道清明节又叫什么节吗？”

“除了这个问题还有其他事吗？”

“没什么事，随便聊聊，瞎聊聊。”

“去你的。”

把电话接头拔掉后，周密重在书桌前坐下，他的眼睛盯着显示屏，思维却怎么也集中不起来。他双手搁在键盘上，跟自己较劲似的硬是在桌前又坐了一分钟，这才拿起桌角那本1989年版的《辞海》。查到2498页“清明”这一条，一共有四个注释，其中第四条是这样写的：“二十四节气之一。每年4月5日前后太阳到达黄经15°时开始。《月令七十二候集解》：‘三月节……物至此时，皆以洁齐而清明矣。’此时黄河中下游及其以南地区平均气温一般在10℃以上。我国大部分地区气候温暖、草木萌茂，改变冬季寒冷枯黄景象。农业生产上多忙于春耕春种。江南农谚：‘清明谷雨两相连，浸种耕田莫迟延’；‘种树造林，莫过清明’。这节气开始的一日为清明节。”周密将《辞海》合上。但清明节究竟还有一种什么叫法呢？

那只二手的CASIO录音机里，崔健在用周密熟悉的嗓音唱《时代的晚上》。周密点了一支烟仍在电脑前坐下，他希望自己能在熟悉的氛围里放松下来。该开始了，他已经调整了足够长的时间。他必须尽快进入那种写作的状态，找到谋生的心情。

2

吃过午饭后，周密没像往常那样睡午觉，他对自己说，发了一个上午的呆，还想睡觉，你怎么好意思。他从抽屉里找出市图书馆的借阅证，决定先去几家熟悉的书店看看，然后去图书馆，让自己过一个有意义的下午。

骑到公园路和十梓街交会的转弯处，一个灰头灰脸穿一件绿夹克的男青年突然骑着自行车直冲周密而来，就在快要撞上的一刹那莫名其妙地从车上摔了下来。周密急忙刹车，并脚踮地，总算没有撞上，可由于用力过猛，他的右刹车线一下子断了。周密从自行车上跨下来，打算先把他扶起来，再质问他到底碰见什么鬼了这么骑车。然而那个年轻人却躺在地上，口吐白沫，嘴里还发着尖叫，浑身抽搐。有经验的路人立即惊呼，发羊痫风了，发羊痫风了。一位提着一马甲袋菜的老太太随即从袋里拿出一棵青菜递给旁边一个人高马大看起来很有力气的青年，快，快掰开他的牙齿，把这棵菜塞进去，要不然他会把自己的舌头当青草咬下来吃下去的。

推着车走出一大段后，周密仍然惊魂未定，倒不是因为差一点被撞上，而是那个年轻人发羊痫风时的样子，太恐怖了。

修车铺的老板正忙着，他说他的伙计请假了，所以今天有点忙不过来。他建议周密把车停在这儿，去街上逛一圈，过半个小时回来取。他随意地看了周密一眼，又有了新的建议，可以去理个发嘛，往前走一百米就有个理发店，听说老板的手艺不错，很多年轻的小伙子和姑娘都去那儿做头发。在周密印象中，附近好像没有其他修车铺，这位师傅的手脚很利索，门口又停了好几辆待修的车，说明有信誉。周密把车钥匙拔下来，问，我的头发长了吗？老板这一次认真地朝周密看了看，又让他转过身去，好像还可以，也不算太长，不过我一向认为年轻人的头发理得短一点精神，你说呢？

这家叫“从头开始”的理发店生意冷清。大概时间不对。里面几个打扮得花枝招展的姑娘正和一个前额光秃的男人聊天。周密的头只在门口探了一下，就被其中一个脸盘又圆又大的姑娘手疾眼快地拉了进去。

在椅子上坐下之后，周密转着脑袋想通过面前的大镜子看看自己的头发到底是个什么状态。老板已经穿好了工作服，笑眯眯地站在周密身后。看着镜子里老板那个光秃的前额，周密突发奇想，说，你给我剃个光头吧。

3

修车铺老板对周密这颗光头大加赞赏，他说，夏天就要来了，夏天理这么个光头肯定很凉快。他这一次看得更为仔细，甚至放下了手中的活，站起身，绕着周密转了两个圈，边看边点头，最后他决定夏天的时候也去理这么一个凉快的光头。周密的右手不停地抚摸着突然变得光滑的脑袋，已有了悔意。从理发店到车铺的这一百来米，至少有一半的路人都在看他。他感到很别扭。他本来是想过个还算有意义的下午的，现在好了，连头发都没有了。在对自己这颗光头熟悉和亲切起来之前，他已不想在人多的地方久留了，骑上车，他直接回了家。

从午睡中醒来，周密从枕头底下摸出手表，两点二十分，时间还早，他睡了还不到四十分钟。突然他就想到了自己的光头，浑身一激灵，伸手一摸，光光的。周密掀开毯子，赤着脚就跑到了卫生间。

周密不知道自己是怎么了，不就是一只有点特别也有点意思的光头吗，过两天就会习惯的，然后周围的人也会习惯的，再过两个月，他就会有一头长势良好的新头发的，这实在没什么。然而镜子里的那个男人这会儿竟然泪流满面。周密一屁股坐在抽水马桶上，双手捧着脸，失声痛哭起来。

也不知过了多久，周密忽然看见自己的右脚正浸在血泊中，然后就感觉到脚底心很痛。他抬起右脚，只见脚底涌泉穴的部位像镶钻戒似的镶着一粒米粒大小的紫红色玻璃。他踮着脚走到水龙头下，先将血冲掉，然后再次踮着脚高一脚低一脚地走到卧室，打算用碘酒消消毒，找块纱布包扎一下。但抽屉里除了一板快克和几瓶过期的头孢，再无其他药了。这就是我的生活？周密想，明知出了问题需要处理，但能找到的却是些与问题本身无关的药。另外，周密想起来了，这块碎玻璃是唐萍留给他的纪念。

上个月周密在将左铃母子送到上海并送上上海至西安的火车之后，没容自己喘上一口气，就把正在上班的唐萍约到了家里。他想趁着这股劲把前因后果向她挑明，如果过了一个晚上，他担心自己又下不了这个决心了。唐萍放下电话就气喘吁吁地赶了过来。他们已有一个多星期没见面，周密推说正在赶稿子。唐萍肯定以为赶完稿子的周密想和她实实在在地庆贺一番，她顺路还买了一瓶皇朝干红。她清楚酒精能使酒量一般的周密意气风发。令周密意外的是，唐萍听完他的解释，并没有大哭大闹，而是格外冷静地看着他，说，我早猜到了，既然这样，我们再做一次，就当临别互赠吧。周密一点心情也没有，他说，算了吧，我们以前做了那么多次，也不在乎多一次少一次。唐萍坚持要在床上给他俩的交往画上一个句号，说着顾自脱起了衣服。脱到一半，她又过来解周密的皮带扣。周密一把推开她。由于一点思想准备也没有，唐萍踉跄了几步，才站稳。

“你太无情了，太过分了。”唐萍一边穿衣服一边伤心地说。

“对不起，我不是故意的。”

“怎么不是故意的，你对我好都是有计划有预谋的，说到底，你不过是想利用我，你自己不也承认了吗？”

“所以我不想继续欺骗下去，决定结束这种关系。”

“说得好听，那是因为我已没有被利用的价值了。你以为我不知道，左铃走了，回家了，我这保姆没用了，你别以为我不知道。”

“是呀，你说得很对，我是很卑鄙，不择手段，冷酷无情，你该为从这样的人身边走开感到高兴。”

“我算是认了。我已经认了。怎么样，你还要我怎么样？但临分别你就毫不动情，不想在我身上留点纪念？”唐萍毛衣的拉链正拉到一半，她不再往上拉了，而是看着周密。

周密努力想调动全身的积极性，可他清楚地感到不行，今天不行了。他看着唐萍把刚穿上身的毛衣又脱了下来，然后是长裙和长筒袜。周密突然转身进了卧室，并关上门，上了保险。大约五分钟后，门外传来“砰”一声玻璃打碎的声音，接着他的防盗门被很响地摔上了。这会儿周密把一枚大头针在火上烧了烧，又用纸巾将针头的黑烟擦干净，他一咬牙，把那粒碎玻璃挑了出来。挑出来以后，他拿着那颗沾满血迹的玻璃碴儿自言自语，报应啊。

4

宋强的女儿是三月五日生的，宋强的父母尽管对这一结果不太满意，可还是掏钱在“老正兴”摆了四桌满月酒。早一个星期，宋强就通知了周密，后者让朋友捎了个红包去，答应有时间一定去。宋强来电话说，你又不用上班，朋友中间，你应该是最有空的一个了。周密一听就来了气，说，是呀，我是个闲人，所以你把左铃往我这儿一推。好了，现在她走了，你肯定大大地松了一口气吧。下一个女人会是谁呢？你能提前告诉我吗？宋强说，好吧，好吧，我知道你的气还没消，算我欠你一份人情，但我女儿的满月酒你总该来喝吧。再说，大家都说你有一阵子没露面了，也该出来活动活动了。周密不耐烦地说，再说吧，到时候再说吧。

现在，周密觉得自己意外地没有头发，脚底又扎了个洞，形象肯定会让朋友们大吃一惊的。他可不想成为饭桌上的焦点，所以他更有理由不去吃那顿满月酒了。他忽然想到了左铃的孩子洋洋，满月的时候，左铃只是向周密借了只相机，给他拍了几张相片。没有人曾为他的出生感到喜悦，甚至他母亲也是整天愁眉苦脸地看着他。这个苦命的孩子。

左铃答应回到西安后，立即就来电话报平安，然而周密在家等了一天，接了好几个不想接的电话，就是没有左铃的。因为赌气，他当时拒绝了左铃给他的电话号码。他没有想到自己好不容易聚集起来的表白的勇气却被左铃一句“我不会再接受男人在一时的冲动之下的好意了”像当头一盆冷水一下子浇灭了。周密的脸上实在有些挂不住。他很没有风度地说，既然这样，我们也没有必要联系了，你回家后来电话报个平安就可以了。现在想来，自己那会儿的表白确实更多的是因冲动而起的，这肯定不足以成为两人在一起生活的基础。周密几次想问宋强要左铃的电话，可最终又总是说服自己，还是算了吧。

晚饭的时候，周密往家里打了个电话。是父亲接的电话。老头子很紧张地问：“有什么事吗？”

“没事啊。没事就不能打电话了吗？”

“可你没事从来不往家里打电话的，不是吗？肯定有什么事要我们帮忙，从小到大，你净让我和你妈操心，上小学的时候——”

“爸，”周密忍不住打断他，“难道这就是我在你们心目中的印象？我看我还不如一头撞死算了。”

“当然，这两年你好像懂事多了，没事也知道问问家里的情况，这说明你懂事多了。”

“我妈呢？你能让她来接电话吗？”

“你妈正在卫生间，哎，她正好出来了，你等等。”

周密听见父亲大声地喊了母亲一声，说是老大的，要她快来接电话。母亲说我刚洗过手，总要让我擦干吧。过了一会儿，母亲的声音传了过来。

“怎么会想到要打电话的，有什么事吗？”

“没事。你们要老这样问以后我就不给你们打电话了。”

“就因为你没事从来不给我们打电话我们才问的。哎，对了，你吃饭了吗？”

“吃了。”

“吃的什么？”

“方便面。嘿，嘿，妈，我知道你又要批评我了，我知道这东西没营养，我只是偶尔吃一顿。”

“那里面有防腐剂，就是涂在死人身上的，那种死人叫什么？哦，对了，叫木乃伊。”

“妈，你听谁说的，这根本不是一种东西。今天是清明节，你知道吗？”

“知道，知道，我已经给老祖宗们过过节了。”

“那你知道清明节还有别的叫法吗？”

“还有就是寒食节嘛，就是一整天不吃热的东西，我觉得这不好，像我和你爸，现在不管吃什么都要热一热，冷的吃下去，胃一会儿就不好受，给你颜色看了。像你也别认为自己还年轻，冷的生的随便吃，现在是舒服了，等老了就会要你好看的。”

5

将世界杯，这个平淡生活中的一个节日送走之后，周密又一次站在了挂历跟前。这一段看世界杯成了他生活的主要内容。可就在他沉浸于绿茵场的拼杀的时候，常会在猛然间被一种突然而至的焦虑和恐慌紧紧抓住，透不过气来。

一晃，都七月中旬了，周密在心里问自己，你能相信吗？你愿意接受吗？某种不祥的感觉乌云一样在周密头顶盘桓不去。周密不想就那片乌云做更为深入的思考和分析，他提醒自己，看球吧，你已经等了四年了，这才是你真正感兴趣的东西。

在周密的朋友当中，宋强是绝无仅有的一个不喜欢足球的男人。朋友们也因此认为他其实不能算一个真正的男人。以前看完球赛，如果想找个人聊聊天，周密就会想到宋强，因为这小子肯定不会就刚结束的那场球赛发表任何见解，他们能说些球赛以外的话题。做了父亲的宋强被朋友们描述得很惨，下班后根本不敢有些许耽搁，飞也似的赶回家，买菜，做饭，洗尿布，照顾生孩子生得伤了元气的老婆。本来什么家务也不会做的他现在什么都会做了。周密呼了一遍宋强，想问他中午是否有空。宋强的电话很快就打了过来，他在电话那头很兴奋地说，老婆带孩子回娘家了，这两天他成了自由人。不过中午的时间太短了，还是等下午下班后，再叫上几个朋友，去涮羊肉。周密说，我只是想找个清静的地方说说话，听你这么热闹地一说，我连说话的想法也没有了。宋强好像有些扫兴，他说，那好，就我们俩，我请你，上次我女儿的满月酒你也没来喝，真不够意思。听说你剃了个光头，很有意思的，现在头发长出来了吗？

“喂，我突然想起今天晚上我还有事，算了，以后再约吧。”

“我可是难得有时间的。”

“再见。”

说完再见，周密又叫了起来，等一下，你那儿有左铃的消息吗？没有，一点也没有。那电话号码呢？有，不过不在身边，你想干什么？那你回家后把号码打在我的呼机上。

6

终于上路了，并且是在一年中最热的七月的中午。在楼梯口，周密将旅行包从右肩上拿下来，把两边的背带都放长，然后双肩背上，就像一个真正的远行者那样。

在灼热的太阳下走了一大段路，周密只碰到一个头上搭着一条湿毛巾看起来很干瘪并且还在继续干瘪下去的老头子。汗很快就从周密的额头和两鬓流了下来，后背和腋下也汗流成串了。周密不记得这个夏天自己还有哪天出过这么多的汗。进入夏季以来，他几乎一直待在空调房里，偶尔去离家很近的那家台湾人开的酒吧坐坐。感觉上，他似乎从未真正进入过今年的夏天，感觉和身体都离这个夏季很远很远。与此同时，内心的焦虑和不安却与日俱增。他能清晰地感觉到时间正鸟一样背他飞去，他禁不住要自问：它沿途拉下的屎就是它所谓的思想我所谓的焦虑吗？

此刻的汗水竟然让周密从心底生出感恩的情绪，终于回到了真真切切的生活中，终于在路上了。他想，无论在路上遭遇什么，无论在旅程的终点看到什么，他希望自己都能心平气和地接受，然后带着这种心平气和回到苏州，回到他现实的必须继续下去的生活中去。汗还在源源不断地往外流，周密真的很高兴，因为他认为自己已经真实地触摸到了这个季节，这种真实的感觉对他而言，来得是那么不容易和意外。走到大路上，他的泪控制不住地夺眶而出。周密伸手抹了一把脸，整了整双肩的背带，他已经改变了马上打车去火车站的念头，还有一点时间，他打算再步行一段路，然后再打车。